KB147912

꿈꾸는 당신의
미래를 위한

새벽을
여는 리딩이
인생을
바꾼다

새벽을 여는 리딩이 인생을 바꾼다

초판인쇄	2017년 11월 2일
초판발행	2017년 11월 8일
지은이	김태진
발행인	조현수
펴낸곳	도서출판 더로드
마케팅	최관호 최문순 신성웅
편집교열	맹인남
표지 & 편집 디자인	오종국 Design CREO
본문 일러스트	서설미
ADD	경기도 고양시 일산동구 백석2동 1301-2
	넥스빌오피스텔 704호
전화	031-925-5366~7
팩스	031-925-5368
이메일	provence70@naver.com
등록번호	제2015-000135호
등록	2015년 06월 18일
ISBN	979-11-87340-50-2-03810

정가 15,000원

파본은 구입처나 본사에서 교환해드립니다.

꿈꾸는 당신의
미래를 위한

새벽을
여는 리딩이
인생을
바꾼다

김태진 지음

도서
출판 **더 로드**
The Road Books

새벽을 깨우면 성공이 열린다

새벽을 깨운 후의 나의 삶은 이전의 삶과는 너무도 다르다.
늘 불평 불만하던 나의 입이 지저귀는 새 소리만 들어도 감사하는 입으로 변하였고,
무슨 일을 하든 적극적이고 기쁨으로 일을 감당하는 삶으로 변하게 되었다.

나는 내 인생에서 가장 잘 한 일을 꼽으라면 당연 새벽을 깨워 미래
를 준비하고 새벽예배를 통해 나의 모난 모습들을 다듬어간 일이라 말
하고 싶다. 남들은 새벽을 어떻게 생각하는지 모르지만 나는 죽고 싶
지 않아 새벽을 깨우게 되었다.

20살이 막 되던 2003년, 대인기피증이 심하여 그 누구도 만나지
못하고 집안에만 틀어박혀 힘겨운 삶을 살고 있었다. 그러한 삶을 벗
어나고자 사람들이 많지 않는 새벽시간을 선택하여 교회로 가게 되었
고 나는 차츰 정상적인 생활이 가능하게 되었다.

또한 바쁜 직장생활로 꿈도 소망도 없이 살아가던 삶에서 죽기 살

기로 새벽을 깨워 책을 읽기 시작했다. 주변에서는 다 안 된다고 말하고 꿈은 무슨 꿈이냐며 안정적인 삶만을 최고라 말하였지만 오직 새벽에 읽는 책만이 나의 꿈을 끝까지 응원해줬다.

나의 꿈은 작가가 되는 것이다. 내가 책을 통해 꿈을 찾고 희망을 얻었듯이 나 역시도 책을 써서 많은 이들에게 희망을 전해주는 글을 쓰고 싶었다. 그러나 나 역시도 빠듯한 직장인이고, 퇴근 후에는 몸이 너무나 고단하여 아무것도 할 수가 없었다. 마치 살아도 사는 거 같지 않은 삶의 연속이었다. 그래서 생각한 것이 퇴근 후의 시간을 내 마음대로 사용할 수 없다면 출근 전의 시간을 활용해보자는 것이었다.

그렇게 하여 기상시간을 조금씩 앞당기게 되었고 결국 지금은 새벽에 일어나는 것이 습관이 되어 독서, 새벽예배, 운동, 책 쓰기 등 새벽 시간을 통하여 수많은 것들을 하고 있다.

새벽을 깨운 후의 나의 삶은 이전의 삶과는 너무도 다르다. 늘 불평불만하던 나의 입이 지저귀는 새 소리만 들어도 감사하는 입으로 변하였고, 늘 억지로 일을 처리하는 수동적인 삶에서 무슨 일을 하든 적극적이며 능동적으로 일을 감당하는 삶으로 변하게 되었다.

그리고 무엇보다 책을 읽는 독자에서 책을 쓰는 저자로 변했다는 것이 가장 큰 변화다. 작가라는 꿈을 그냥 막연한 꿈으로만 여기고 살아왔으나 새벽시간을 통하여 내 이름으로 된 책을 쓰게 되어 나는 너무나 행복하다.

물론 나 역시도 아직까지 새벽에 일어나는 것이 매우 힘들다. 오늘도 새벽을 깨우기까지 수만 가지의 생각들이 교차했다. 어느 날은 몸이 너무 피곤해 침대에서 기어 나온 적도 있고, 코에서 피가 멈추지 않은 날도 있었다. 그리고 2주 전에는 몸살이 심하게 걸려 몸도 아프고 먹는 것마다 전부 토하였지만 그래도 나는 새벽을 깨웠다. 사실 내가 새벽을 깨웠다기보다 새벽이 나를 깨운 것이다. 새벽의 맛을 아는 이들은 새벽을 절대 포기할 수 없게 된다.

나는 내 책을 읽는 독자들에게 새벽의 맛을 소개하고 싶어서 글을 쓰게 되었다. 이 책을 통해 새벽시간을 활용해 꿈을 이루고 싶지만 여러 번 실패하고 포기한 이들에게 도전을 주고 용기를 주고 싶다.

감사하게도 새벽의 맛을 누구보다 잘 알고 있는 더로드 출판사의 대표님을 만나게 되어 나의 이야기가 멋진 책으로 나오게 되어 감사하다.

　오랫동안 한결같이 나의 꿈을 지지해주고 응원해준 가족들에게 사랑한다는 말을 전하고 싶다. 그리고 이 책이 출간될 쯤 이면 나의 아내가 되어 있을 지금의 여자 친구에게도 부족한 나를 믿어줘서 고맙다는 말을 전하고 싶다.

　이 책이 하나님이 사용하실 도구가 되어 많은 이들의 새벽을 깨우길 소망한다.

2017년 10월

꿈꾸는 서재에서 김태진

[Contents | 차 례]

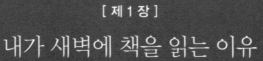

[제 1 장]

내가 새벽에 책을 읽는 이유

66

나는 감히 말할 수 있다. 새벽 성공이 인생 성공이라고.
새벽은 성공하려는 사람만이 만날 수 있다.
당신이 성공하기 위해서는 아무에게도 방해 받지 않고 간섭받지 않는
새벽 시간을 활용하여 다가올 미래를 준비하라.

99

●

하루의 가장 달콤한 시간은 새벽이다

새벽은 인생에서 가장 소중한 시간이자 하루의 가장 달콤한 시간이다.
새벽시간을 활용하면 당신이 원하고 하고 싶은 일들을 마음껏 하며 살아갈 수 있다.
'시간이 없다.' 라는 것은 핑계에 불과하다.

🕐

"하루의 가장 달콤한 순간은 새벽에 있다" -윌콕스-

아침 8시. 밖에 시끄러운 차 소리에 잠이 깼다.

'으악! 뭐야, 분명 7시에 알람을 맞춰놨는데. 왜 못 들었지!'

김 대리는 어젯밤 회사 동료들과 회식을 하느라 늦게 잠자리에 들었다. 평소에는 늦게 자도 알람소리에 맞게 일어났는데 오늘은 알람소리 조차 듣지 못한 것이다. 회사에 늦어도 8시30분까지는 도착해야 하는데, 오늘은 영락없이 지각이다. 최 과장에게 잔소리 들을 생각하니 해장국을 먹은 것보다 더 빨리 해장이 되는 느낌이다.

'아, 제발 지금 이 상황이 꿈이기를…'

아침부터 수많은 생각들이 교차한다.

'오늘 아프다고 해볼까… 얼마 전에도 같은 핑계를 대고 하루 쉬었으니 이것도 못하겠고…'

출근시간 보다 30분 늦게 출근한 김 대리는 결국 최 과장의 잔소리로 하루를 시작한다.

어제 먹은 술로 아침 내내 머리가 지끈 거리고 속이 울렁거려 아무 일도 못하고 결국 오전을 소비해 버렸다. 오후 회의 때에도 정신이 비몽사몽 하여 겨우 졸지 않고 간신히 버티고 나온 것이 천만다행이라 생각한다. 김 대리는 정신을 좀 차리려고 커피 자판기 앞에 선다. 순간 자판기 유리에 비친 자신의 모습이 눈에 들어온다. 흐리멍덩하고 초췌한 모습이 거의 폐인과 다를 바 없었다.

'내 인생은 도대체 왜 이럴까? 어디서부터 잘못 되었을까?

아침부터 정신없이 분주하며 핑계거리만 만들어내는, 그리고 하루 종일 노예처럼 이끌려 살아가는 김 대리의 모습이 혹시 당신의 모습과 닮아있지는 않은가? 늘 하루하루 억지로 살아가고, 시간에 쫓기며 주변의 눈치만 보고 살아가는 모습에 당신은 뜨끔했을지도 모른다. 그런데 이것은 대부분 직장인들의 모습이라 할 수 있다. 도대체 어디서부터 잘못된 것일까?

하루의 첫 단추를 잘 끼워야 하는데 첫 단추가 잘못 끼워지니 하루

전체가 뒤죽박죽인 삶을 살게 되는 것이다. 하루의 첫 단추를 잘 끼우기 위해서는 새벽을 활용해야 한다. 아무 생각 없이 주어진 삶을 그냥 살아서는 절대 제대로 된 하루를 살아낼 수 없다.

내가 아는 M씨는 평범한 회사원이다. 성실하기로 소문이 난 그는 회사에서 자신에게 맡겨진 일을 최선을 다해 처리한다. 피곤한 몸을 이끌고 집으로 돌아오면 토끼 같은 자식들과 함께 시간을 보내는 자상한 아빠다. 그러나 주말도 없이 쉬는 날이 되면 자식들과 놀아주는 것이 점점 버거워진다. M씨도 자신만의 시간을 갖고 싶어 다양한 방법을 시도해봤지만 쉽지 않다. 그는 어느 날, 정신없이 바쁘게만 사는 자신의 삶이 허망하여 고민을 가지고 나를 찾아왔다. 그래서 나는 나의 경험담을 포함하여 새벽을 활용한 자신만의 시간 갖는 법을 조언해 주었다.

M씨는 처음에는 새벽에 일어나 무엇을 한다는 것 자체를 생각도 해보지 않았으나 나의 이야기를 듣고 한번 시도해 보기로 했다. 그는 어떻게 되었을까? 현재 그는 최선을 다해 새벽을 깨우며 자신의 꿈을 위해 요리학원에 등록하였고, 그토록 하고 싶었던 양식요리를 배우며 요리사 자격증을 위한 공부를 하고 있다.

또 다른 경우로 나와 함께 직장에 다니는 K씨는 서른 초반의 아가씨이다. 정말 착하고 성격이 좋아서 주변에 늘 사람들이 끊이지 않는다. 그런 그녀는 먹성도 너무나 좋아 비만체형의 자신을 못마땅하게 생각하며 살고 있었다. 그녀는 내가 매일 새벽마다 운동한다는 것을 다른 사람을 통해 전해 듣고 나에게 컨설팅을 요청했다. 나는 내가 현재 새벽을 어떻게 보내고 있는지 알려주며 새벽활용법을 자세하게 안내해 주었다.

그 후 3개월이 지났을까. 그녀는 정말 몰라보게 달라져서 내 앞에 나타났다. 먹는 것을 줄이고 꾸준히 운동하여 3달 만에 15kg을 감량한 것이다. 그리고 라식수술까지 하여 전에는 안경을 쓰고 다녔는데 이제는 완전히 180도 달라진 아름답고 자신감 넘치는 여성이 되었다.

하루의 가장 달콤한 시간은 새벽이다. 새벽 시간을 활용하면 평소에 내가 하고 싶었지만 시간이 없어서 할 수 없었던 일들을 할 수 있기 때문이다. 그 누구에게도 터치를 받지 않고 오로지 나만을 위한 시간으로 활용할 수 있는 최고의 시간이다.

나 역시도 다른 직장인들과 같이 눈코 뜰 새 없이 바쁜 직장생활을 보내고 있다. 어느 날 문득 이렇게 바쁘게만 살아가다 보면 결국에 남는 건 하나도 없음을 깨닫게 되었다. 그래서 새벽을 개발하게 되었고, 수많은 시행착오 끝에 새벽시간을 오로지 나만의 시간으로 만들 수 있었다. 나는 새벽에 독서와 책 쓰기, 운동 등 수많은 일들을 한다. 평소에 시간이 없어서 못하는 일들이지만 새벽이라는 시간을 활용하니 여유 있게 많은 것들을 할 수 있다. 이렇게 차츰차츰 새벽시간의 달콤한 맛을 알게 된다면 어느 순간부터는 억지로 일어나려고 하지 않아도 스스로 일어날 만큼 새벽은 처음에 습관을 들이기가 어렵지 영원히 빠져나오지 못할 중독성이 강한 자기계발 시간이다.

어느 조사에 의하면 대부분의 직장인들 가운데 90% 이상이 월급이 많고 내 시간이 없는 것보다 월급은 적게 받아도 좋으니 나만의 시간을 갖는 것을 더 선호한다, 라고 조사되었다. 이처럼 현대인들은 너무나 바쁘게 살아가고 있기에 자신만의 시간을 갖는 것을 간절히 원하고 있다. 야근하는 것을 점점 당연하게 여기고 사는 현대인들은 좀처럼 자신만의 시간을 갖기가 어려운 것이다. 요즘은 주말 출근도 점점 늘어만 가는 추세이다. 그렇다면 정말 자신만의 시간을 가질 방법은 없는 것일까?

방법은 있다. 바로 새벽시간을 활용하는 것이다. 새벽시간은 늘 우리 삶에 버려져서 그렇지 잘만 사용한다면 그 어느 시간 못지않은 자기계발의 시간이 될 수 있다.

나 역시 스무 살이 되기 전까지는 새벽에 눈이 떠져도 더 잘 수 있다는 행복감에 다시 잠자리에 들곤 했다. 새벽잠만큼 달콤한 시간이 없었기 때문이다. 그러나 새벽 시간은 잠을 자기 위해 있는 시간이 아니다. 나의 인생을 벌어주고, 부족한 부분을 보완하는 소중한 시간이다. 새벽을 통해 부족한 나의 모습을 보완한다면 1년 후, 3년 후, 5년 후의 모습은 지금의 모습과 180도 달라져 있을 것이다.

책 읽는 것을 너무나 좋아하는 나였지만 직장에 다니면서 좀처럼 시간을 내기가 어려웠다. 그리고 매일 늦은 시간까지 일을 하다 보니 몸은 몸대로 망가지고, 책을 읽지 않고 살아가는 내가 마치 바보가 된 듯 한 느낌이 들 정도로 삶이 무기력했다. 그러나 새벽을 발견한 후의 삶은 완전히 달라졌다.

현재 나는 새벽을 활용하여 일주일에 3권 이상의 책을 읽고 있으며, 거의 매일 헬스장에 나가 운동을 하고 있다. 내가 하고 싶은 일들을 하며 사니 하루의 시작이 활기차고 매일 새벽이 기다려지는 삶을 살게 된다. 뿐만 아니라 작가의 꿈을 꾸고 있던 내가 이렇게 새벽 시간을 활용하여 책 쓰기도 함께 하고 있으니 나는 새벽을 통해 모든 꿈을 이룬 것이다.

새벽은 인생에서 가장 소중한 시간이자 하루의 가장 달콤한 시간이다. 새벽시간을 활용하면 당신이 원하고 하고 싶은 일들을 마음껏 하며 살아갈 수 있다. '시간이 없다.'라는 것은 핑계에 불과하다. 시간이 없다면 새벽시간을 통해 얼마든지 나만의 시간을 만들 수 있다. 새벽시간이 당신의 삶을 달콤하게 책임질 것이다.

---| 02 |---

●

하루의 계획은 새벽에 있다

하루를 계획하는데 많은 시간이 걸리는 것은 아니다.
단 5분이면 된다. 하루를 승리하려면 새벽을 깨워 하루를 먼저 계획하자.

🕐

고려 말 충렬왕 때의 학자인 추적은 《명심보감》에 다음과 같은 글을 남겼다.

"일생의 계획은 어릴 때 세우고, 일 년의 계획은 봄에 세우며, 하루의 계획은 새벽에 세운다. 어릴 때 공부하지 않으면 늙어서 아는 것이 없고, 봄에 밭 갈지 않으면 가을에 거둘 것이 없으며, 새벽에 일어나지 않으면 그날에 할 일을 하지 못한다."

이와 같이 하루를 시작하기 전에 반드시 계획을 세워야 하루의 일을 여유 있게 처리할 수 있고, 보다 넉넉하게 잘 감당 할 수 있다. 따라서 한 해의 계획은 봄에 세워야 하고, 하루의 계획은 새벽에 세워야 한다. 세계적인 리더들이 새벽을 깨워 하루를 계획하는 까닭이 바로 여기에 있는 것이다. 새벽은 하루를 시작하기에 앞서 하루의 스케줄을 미리 검토 할 수 있는 최적의 시간이다. 다가올 하루를 준비함으로서 나에게 닥칠 어려움과 급작스런 환경들에 미리 대비 할 수 있도록 뇌에게 인지 시켜주는 중요한 시간인 것이다. 새벽을 깨워 하루를 계획하는 것은, 운동으로 치자면 경기에 나가기 전에 미리 몸을 풀어줌으로서 근육이 긴장하지 않도록 사전에 예방하는 것과 같다.

남들보다 일찍 일어나 그 누구에게도 터치 받지 않는 새벽시간에 하루를 계획하고 준비하는 것은 정말 큰 효과가 있다. 나는 보통 새벽 3시쯤에 일어나 하루의 일어날 일들을 생각하며 미리 상상해 본다. 오늘 소화해야 될 스케줄, 수업 내용, 몇 시까지 출근하고 몇 시쯤에 퇴근을 할 것인지. 그리고 오늘 만날 사람들. 등등 어떻게 보면 당연하고 대수롭지 않은 일로 여길 수도 있겠지만, 이렇게 하루를 미리 머릿속으로 그려보면 하루가 예측가능하게 되어 여유가 생기고 다가올 하루가 기대된다. 물론 불쑥불쑥 튀어나오는 예상치 못한 일들이 생길 때도 많이 있다. 그러나 새벽을 깨우면 그러한 급작스러운 일들이 줄어 당황하지 않게 되고, 미리 대비책들을 마련하게 된다. 뿐만 아니라 한 단계 위에서 멀리 바라볼 수 있는 안목이 생기며, 일의 부분이 아닌 전체를 볼 수 있는 힘을 얻게 되어 쉽게 흔들리지 않는다.

새벽은 직장인들에게 주어진 최고의 황금시간이다. 새벽은 고요하기에 바쁘고 분주한 삶에서 할 수 없었던 자신만을 위한 묵상이 가능하다. 자신을 포함한 모든 것들을 객관적으로 바라보며 문제점과 해결책을 찾게 되는 것이다. 나 역시도 그냥 하루하루 바쁘게만 살아갈 때는 당장 코앞에 닥친 문제들을 해결하기에 급급한 삶을 살았다. 마치 하루살이처럼 겨우 살아내는 인생이었던 것이다. 그러나 새벽을 깨우며 나의 삶은 완전히 달라졌다. 하루를 멀리 내다볼 수 있는 힘이 생기며, 늘 직원의 마인드로 빠듯하게 살아가던 내가 이제는 보다 넓고 깊게 바라보며 CEO의 시선으로 일을 처리하니 일처리가 더욱 빨라지게 된 것이다.

더 이상 황금시간을 헛되이 흘려보내서는 안 된다. 당신이 새벽에 깊은 잠에 빠져 있을 때에 누군가는 새벽 시간을 활용해 점점 성장하고, 성공의 주춧돌을 놓고 있을 것이다. 시간이 흐르면 흐를수록 당신이 아무렇지 않게 흘려버린 새벽 시간들을 통해 어떤 이들은 멀찌감치 앞으로 나아가며 행복한 삶을 살고 있을 것이다.

입으로만 "지금보다 더 나은 삶을 살고 싶다.", "나도 성공하고 싶다."라고 말하지 마라. 말만 한다고 이루어지는 것은 없다. 지금이라도 당장 새벽을 깨워 맑은 공기를 마시며 내 안에 잠재되어 있던 성공 마인드를 깨워야 한다.

무리하게 하루에 2시간, 3시간 일찍 일어나는 것을 먼저 도전하라는 얘기가 아니다. 단 30분이라도 일찍 일어나 여유 있는 하루를 맞이하게 된다면 당신은 이미 성공자에 가까워진 것이다. 평소보다 30분 일찍 집을 나와 출근을 한다면 바쁘고 분주하게 출근할 때 볼 수 없었던 거리 풍경과 사물들이 점점 눈에 들어와 보다 넓은 세상을 보게 될 것이다.

현대그룹의 창업자인 ㈜정주영 회장이 어렸을 때 쌀 배달을 하며 생계를 이어가고 있었다. 쌀가게 주인은 본인의 자식에게 쌀가게를 물려주려 하였지만 너무나 허랑방탕하게 살고 있는 것을 못마땅하게 여겼다. 반면 쌀 배달을 하던 정주영씨는 성실하게 맡은 일을 꾸준히 하였기에 주인은 아들이 아닌 정주영씨에게 쌀가게를 맡기게 되었다.

그러한 정주영씨와 쌀가게 아들의 차이점은 무엇일까? 쌀가게 아들은 인생을 되는대로 살아간 반면 정주영씨는 매일 새벽을 깨워 책을 읽으며 하루를 계획 했다고 알려진다.

이처럼 새벽을 깨워 하루를 계획하고 시작하는 사람에게는 비록 시작은 미약하나 수많은 기회들을 붙잡을 수 있는 능력이 생기는 것이다. 아무리 좋은 기회들도 이러한 행운을 잡는 능력 없이는 평생 제자리 인생을 살게 된다.

하루의 계획은 새벽에 있다. 하루를 아무 생각 없이 쫓아만 가는 삶을 살다가는 결국 지쳐 낙오될 것이다. 내게 주어진 하루를 손에 쥐고 이끌어가는 삶을 살기 위해서는 반드시 새벽을 깨워 계획한 삶을 살아야 한다. 가끔은 계획 없이 떠나는 여행이 낭만 있고 더 스릴 있을 수는 있으나 인생은 여행과는 다른 치열함 그 자체이다. 단 한순간이라도 방심을 하다가는 강자에게 잡아먹히는 '동물의 왕국'과도 같은 것이다. 그러한 삶에서 벗어나기 위해서는 새벽을 깨워 계획된 삶을 살아야 한다.

누구에게나 기회는 온다. 그러나 그 기회를 바람처럼 날려 보내는 사람이 있는가 하면 모든 기회를 자기 것으로 만드는 이들도 있다. 전자의 삶은 기회가 와도 당황하고 정말 이것이 내게 유익이 되는 기회인지 고민하다가 결국 날려 보내게 된다. 그러나 후자의 삶은 항상 기회가 올 것을 대비하고 준비하였기에 작은 기회만 포착되어도 바로 본인의 주머니로 가져간다.

남아프리카의 최초 흑인 대통령이자 흑인 인권운동가였던 넬슨 만델라는 새벽에 일어나 하루를 계획하는 것으로 유명했다. 하루는 사람들에게 이렇게 말을 했다.

"나는 어릴 때 부자가 되면 행복할 줄 알았어요. 그런데 사람을 정말 행복하게 하는 건 자유랍니다." 진정한 자유란 무엇일까? 만델라의 삶에서 그 해답을 찾을 수 있다.

만델라는 어려서부터 새벽에 일찍 일어나 계획을 짜고 그대로 실행하는 것을 즐겼다. 공부와 운동은 물론 부모님들의 심부름도 열심히

했다. 그것을 지켜보던 친구들이 계획대로 살면 너무 재미없고 따분하지 않냐고 물었다. 그러나 만델라는 계획대로 살아갈 때 뿌듯하고, 오히려 진정한 자유가 찾아왔다고 말해 주었다. 내게 주어진 시간을 아무 계획 없이 살면 불안만 찾아올 뿐, 꼼꼼한 시간 관리가 자유와 행복을 준다고 말이다.

그렇다. 하루를 계획하고 시작하는 사람과 계획 없이 그냥 흘러가는 대로 살아가는 사람의 작은 차이는 큰 결과로 나타난다. 지금 당장은 큰 차이가 없어 보일지라도 막상 어려움에 처하면 그것에 대응하는 능력이 현저하게 드러난다. 하루라도 어려움 없이 보내는 하루가 있던가. 아마도 없을 것이다. 그렇다면 새벽을 깨워 하루를 먼저 계획하라. 그러면 하루를 보다 효율적으로 이끌어 주고, 갑작스러운 어려움 가운데서도 이겨낼 지혜가 생길 것이다.

하루를 계획하는데 많은 시간이 걸리는 것은 아니다. 단 5분이면 된다. 새벽에 일어나 화장실에 앉아 있는 시간만큼이라도 하루를 미리 그려보고 계획해 보라. 요즘은 스마트폰이 있어 화장실 갈 때도 챙겨 가져가는 사람들이 많은데 그건 아주 안 좋은 습관이다. 본인이야 화장실에 있는 시간을 잘 활용하겠다는 취지로 스마트폰을 챙겨가겠지만, 그것은 오히려 시간을 낭비하는 것일 뿐이다. 화장실만큼 집중이 잘되는 장소는 없다. 그곳에서 하루를 계획한다면 어마어마한 아이디어들과 좋은 생각들이 무한정 떠오를 것이다.

하루의 계획은 새벽에 있다. 하루를 승리하려면 새벽을 깨워 하루를 먼저 계획하자.

새벽은 독서의 골든타임이다

새벽독서는 추월차선으로 꿈을 이루는 황금시간이다.
지금 내가 남들보다 뒤처지고 늦었다고 생각한다면 새벽시간을 통해 세월을 벌기 바란다.

"저는 이곳에 계속 있고 싶습니다!"

"야 김태진! 가라면 가는 거지 노란견장이 뭐 이렇게 말이 많아. 아무리 요즘이 당나라 군대라지만 여기가 너 하고 싶은 대로 하는 곳인 줄 알아! 여기는 군대야 군대! 잔말 말고 어서 짐이나 싸!"

열심히 군 생활 하고 있던 내게 큰 어려움이 찾아왔다. 인사담당관이 내게 와서 보직을 바꾸라는 것이다. 그것도 내가 가장 가기 싫어하던 취사병으로 말이다. 남자가 군대에 왔으면 총도 쏘고 행군도 하며 훈련받기를 기대했는데 자대에 배치 된지 얼마 안 되서 나에게 취사병이 부족하다며 보직을 갑자기 변경하라는 것이다. 앞치마 두르고 고무장갑 끼고 설거지 하려고 군대 온 게 아닌데… 라는 생각에 너무나 속상했다. 그런데 위기가 곧 기회라 했던가. 취사병에게만 주어지는 엄청난 특권이 나를 기다리고 있었다.

그것은 바로 새벽에 막사 출입이 자유롭다는 것이다. 다들 취사병인 내가 새벽에 나가면 밥하러 나가는 줄 알고 아무도 터치를 하지 않았다. 그래서 나는 남들보다 항상 일찍 일어나 부대에 있는 교회에 가서 기도도 하고, 취사장에 내려가 우선 전날 씻어 놓은 쌀로 밥을 올리고, 따뜻한 열이 올라오는 국솥 옆에 앉아 책을 읽곤 했다. 그 시간은 고단한 군 생활가운데 단비와 같은 행복 그 자체였다. 아침 식단은 그렇게 할 일이 많지 않고, 보통 전날 모두 준비를 하기 때문에 배식 때까지 여유 있게 책을 읽을 수 있었다. 소총부대에 있을 때에는 감히 이등병이 책을 보는 것은 상상할 수도 없었는데 이제는 새벽마다 마음 놓고 마음껏 책을 읽을 수 있다는 것이 얼마나 감사했는지 모른다.

이렇게 군대에서 나는 새벽 시간을 독서의 골든타임으로 여겼고, 새벽시간을 활용하여 제대하기 전까지 100권에 가까운 책을 읽을 수 있었다.

대부분의 사람들이 회사나 조직에서 성공하고 싶어 한다. 달리 말하자면 직장 상사나 동료들에게 인정받고 싶어 하는 것이다. 직장생활에서 상사나 동료들에게 인정받지 않고서 성공한다는 것은 사실 불가능하다. 그렇다면 인정받기 위해서는 어떻게 해야 할까. 쉬우면서도 어려운 방법이 있다. 그것은 바로 직장 동료들 보다 먼저 출근하여 그들을 맞이하는 것이다. 다른 이들보다 먼저 출근하여 직장 동료들을 맞이하면 은연중에 당신은 부지런하고 믿을만한 사람으로 여겨지게 된다. 그러면 자연스레 당신 주변에 사람들이 몰리게 될 것이고 많은 이들에게 본인의 매력을 어필할 수 있는 기회가 제공된다.

나 역시도 남들보다 일찍 출근한다. 1시간에서 많게는 2시간 정도 일찍 출근하여 책을 보며 마음을 가다듬고 하루 업무를 준비한다. 그러다 보니 뒤늦게 출근하는 사람들에게 항상 밝은 표정으로 맞이하게 되고 직장동료들에게 성실하고 부지런한 사람으로 인정받게 되었다. 뿐만 아니라 직장 간부에게도 그러한 나의 이야기가 전해져 만날 때마다 나를 칭찬 한다.

당신이 새벽을 깨웠을 때 누리게 되는 기쁨은 이 뿐만이 아니다. 아침에 눈 떴을 때 나오는 불평불만, 짜증이 가득한 출근길, 하루 종일 무기력함으로 살고 있다면 새벽을 깨워야 한다. 새벽을 깨우면 눈 떴을 때 하루가 기대 되고, 여유 가득한 출근길이 되며, 활기찬 하루를 보내게 된다. 이러한 것들이 쌓여 당신은 상사나 동료들에게 좋은 이미지로 비춰져 성공자의 삶에 한 걸음 더 나아갈 수 있게 될 것이다.

나는 출근 시간보다 일찍 출근하는 것이 이미 습관이 된지 오래다. 남들보다 일찍 출근하여 하루를 준비하고 업무를 시작하는 것이 너무나 행복하고 가슴 벅차기 때문이다. 이러한 이야기를 주변 사람들에게 해주면 다들 이해하지 못하며 내게 묻는다.

"차라리 그 시간에 집에서 좀 더 효율적으로 보내는 게 어때?"
"어차피 또 야근 할 건데 그렇게 일찍 출근해서 뭐해."

이 둘의 공통점은 출근 하는 것을 죽기보다 싫어한다는 것이다. 그러나 새벽을 깨워 여유 있는 하루를 맞이하고, 남들보다 일찍 출근하여 커피 한잔을 마시며 업무를 시작한다면 절대 직장을 싫어할 수 없을 것이다. 아무리 야근을 한다 할지라도 이미 오전에 나만의 시간을 충분히 갖고 여유 있게 하루를 시작한 사람들은 업무의 효율도 올라가고 야근하는 수가 줄어들게 된다. 그리고 나는 출근을 해서 업무를 시작하기 전에 마치 습관처럼 책을 조금이라도 읽고 시작하려고 한다. 이것은 나만의 의식과도 같은 것인데 그러면 하루의 일과들이 정리 되고 마음의 여유가 생겨 보다 더 많은 사람들을 이해할 수 있게 되고 일에서도 능률이 올라가는 것을 경험하게 된다.

하루의 삶이 빠듯하고 바쁘기만 하다면 무조건 새벽을 깨워야 한다. 새벽을 깨우지 않는 다면 그는 다람쥐 쳇바퀴 돌듯이 늘 반복되는 정신없음과 분주함에서 헤어 나오지 못할 것이다. 그러한 삶이 결국에는 무기력함으로 이어져 삶이 지쳐만 가는 것이다.

새벽을 깨워 하루를 독서로 시작한다면 하루하루가 기대되고 여유가 생겨 보다 적극적이고 열정이 가득한 삶을 살게 될 것이다. 혹시 이 글을 읽는 사람들 중에 '어떻게 새벽을 깨운다고 나의 삶이 그렇게 바뀔 수가 있지?' 라고 의심이 가는 사람이 있다면 단 하루만이라도 새벽을 깨워보길바란다.새벽을 어떻게 깨워야 하는지 모른다면 010 .8904. 5976 내 번호로 연락하여 문의하라. 당신의 작은 습관 하나가 놀라운 결과로 이어지는 것을 체험하게 될 것이다.

나와 함께 일을 다니는 L씨는 착하고 사람 좋기로 소문이 나 있는 사람이다. 나이도 나와 비슷한 또래여서 그런지 속에 있는 많은 이야기를 주고받는다. 그러나 L씨는 사람은 너무나 좋지만 새벽잠이 많아 늘 지각하기를 밥 먹듯이 한다. 처음에는 다들 언젠가 좋아지겠지 했으나 지각하는 횟수가 점점 늘어나자 결국 많은 이들에게 게으른 사람으로 낙인찍히게 되었다. 그래서 그는 무엇이든 열심히 함에도 불구하고 결국에는 인정받지 못하는 직장 생활을 하게 되었다.

L씨가 나에게 물었다.

"나는 직장밖에 모르는데 왜 사람들이 나를 몰라주는지 모르겠어."

그래서 나는 따로 불러내어 허심탄회하게 말을 해주었다.

잦은 지각 때문이라는 것을 알게 된 그는 나에게 도움을 요청했다. 그래서 나는 그가 새벽을 깨울 수 있도록 최선을 다해 도와주었다.

얼마 후 그는 새벽에 일어나 독서를 하기 시작했고, 새벽독서의 매력을 알게 된 후 이제 나의 도움 없이도 스스로 새벽을 깨워 자신만의 시간을 갖는 것을 생활화하며 행복한 생활은 물론 직장 동료들에게도 점점 신뢰를 쌓아가고 있다.

책의 중요성은 다 알지만 직장생활 하며 독서를 한다는 것은 쉽지 않다. 수많은 약속들과 업무들, 그리고 야근 등으로 나만의 시간을 내기란 정말 어려운 것이다. 직장인들뿐만 아니라 요즘은 모든 학생들도 취업을 위해 스펙을 쌓느라 독서와 벽을 쌓은 지 오래다. 그러나 새벽을 이용하면 가능하다. 새벽을 자신의 것으로 만들 수만 있다면 새벽만큼 독서의 최적화된 시간은 없는 것이다.

바쁘고 시간이 없다면 새벽시간을 이용해 나를 성장시키고 꿈을 키워야 한다. 삶의 목표가 생겼다면 나보다 먼저 그 길을 걸어간 이들의 책을 읽으며 시행착오를 줄일 수 있다. 새벽독서는 추월차선으로 꿈을 이루는 황금시간이다. 지금 내가 남들보다 뒤처지고 늦었다고 생각한다면 새벽시간을 통해 세월을 벌기 바란다.

직장인의 생존법은 새벽독서에 있다

직장인일수록, 바쁠수록 책을 읽어야 한다.
우리에게는 아직 새벽이라는 매일 주어지는 보너스 타임이 있지 않은가.
이 시간은 누구에게나 주어지지만 누구나 가질 수 없는 시간이다.

"인간은 항상 시간이 모자라다고 불평하면서 마치 시간이 무한정 있는 것처럼 행동한다. -세네카

"으악! 또 늦었다"

"아… 아까 눈 떴을 때 일어났어야 하는데"

직장인들은 대부분 아침에 일어났을 때 후회로 하루를 시작 하거나 불평불만이 가득한 채로 하루를 시작한다. 마음도 분주하고 정신도 없고 자꾸 부정적인 것들만 머릿속에 가득하다.

손자가 쓴 병법에 보면 '선승이후구전'이라 했다. 먼저 이겨놓고 싸우면 백전백승이라는 이야기다. 그런데 요즘 직장인들을 보면 '선패이후구전'이라 불릴만하다. 먼저 처참하게 패하고 나서 또다시 전

쟁터로 나가는 모습이다. 이것은 백전백패로 가는 지름길이다.

직장인의 하루를 아침 점심 저녁으로 구분해 보면 아침에는 정신없음, 점심에는 비몽사몽, 저녁에는 기진맥진으로 살아가고 있다. 이렇게 살면 내 삶이 조금이라도 나아져야 하는데 오히려 더더욱 쪼들리는 삶을 살고 있다. 그냥 아무 목적도 없이 현대 직장인들은 앞만 보고 달리는 모습이다.

스칸디나비아반도에는 '레밍'이라는 쥣과의 동물이 산다. 이 동물은 집단 자살 쇼로 유명해 졌는데 이유는 다음과 같다. 어느 날 한 레밍이 무작정 이유도 없이 달리기 시작한다. 그러면 주변의 레밍들이 한 마리 두 마리 같이 뛰기 시작하더니 점점 수많은 레밍들이 어디서 나타났는지 목적도 없이 함께 뛰기 시작한다. 그렇게 수천 마리가 함께 뛰다가 절벽을 만나도 멈출 수 없어 모두 아래로 떨어지게 되는 것이다.

요즘 현대인들의 모습, 아니 바로 나의 모습과 너무나 흡사하지 않은가. 열심히는 살고 있는 것 같은데 꿈도, 목적도 없이 무조건 앞만 보며 달리는 모습. 나 역시도 이와 다르지 않았다. 아침에 일어나면 마치 무엇인가 홀린 듯, 되는 대로 끌려가는 인생. 늘 남들이 하라는 대로만 하는 개성 없는 인생. 나의 개성이라고는 쓸모없는 무색무취의 인생이었다. 하루하루 무엇인가에 끌려가는 삶에서 벗어나고 싶었다.

온종일 분주하기만 한 삶에서 빠져나오고 싶었다. 그래서 시작한 것이 새벽독서다.

새벽에 책을 보면 남이 요구하는 삶이 아닌 진짜 나의 삶을 살게 된다. 내가 생각한대로 살아가게 되고, 하루의 주인공이 내가 되는 삶을 살게 되는 것이다. 특별히 직장인일 때에는 더더욱 책으로 하루를 시작해야 한다. 책은 삶의 여유가 전혀 없는 나의 삶에 여유를 찾아줄 뿐만 아니라 심적으로도 여유를 갖게 해준다. 책을 읽지 않아도 물론 '생각'이란 걸 할 수는 있다. 그러나 책을 읽지 않고 하는 생각들은 긍정적인 생각보다는 부정적인 생각들이 나를 지배하게 된다.

"꿈은 무슨 꿈이야, 어서 스펙을 쌓아서 안정된 직장에 다니고 싶다."

"책에 있는 이야기들은 특별한 사람들이겠지. 지금 당장 직장에서도 잘리게 생겼는데 무슨 새벽독서야."

"아…남들은 다 영어실력이 좋은데 나는 이게 뭐지. 나도 남들 따라 영어학원에 다녀야 하나?"

특별한 이유도 없이 그냥 남들이 다 하니까 그냥 따라가는 인생이 되는 것이다. 대다수가 만들어 놓은 틀에 갇혀 남들과 다른 길을 가는 것은 마치 '잘못된 길'을 가는 거라고 여기며 말이다.

그러나 책을 읽고 출근 하는 날이면 어김없이 긍정적인 생각들로 가득한 하루를 살게 된다. 나는 학창시절에 공부는 잘 못했지만 학교에 일찍 가서 등교하는 친구들을 맞이하는 것이 소소한 낙이었다. 그것이 습관이 되었는지 직장에 다니고 있는 지금도 출근시간 보다 1~2시간 일찍 출근하여 업무를 검토하고 수업을 준비하는 것에 익숙해져 있다. 그리고 일을 하기 전에는 반드시 단 10분이라도 책을 읽고 시작한다. 단 10분이지만 그 독서시간을 통하여 나의 뇌가 열리는 느낌을 많이 받는다. 그래서 예상치도 못한 아이디어들이 떠올라 그것을 수업에 접목시키곤 한다. 여유를 갖고 시작하니 하루 전체가 여유 있는 삶이 되는 것을 느꼈고, 삶에 여유가 생기다 보니 직장 동료들과 트러블이 생길일도 없고, 오히려 친한 직장동료들의 생일까지 챙겨주어 많은 동료들에게 사랑 받고 있다. 그리고 직업상 장애학생을 많이 대하게 되는데 이들을 대할 때에도 내 기준이 아닌 아이들의 시선으로 바로보고 이해하려는 폭넓은 안목이 생기게 되었다.

직장인들은 직장에서 감옥과 같은 삶을 살고 있다. 보고 듣는 것도 제한되어 있고, 하고 싶은 일보다는 해야 하는 일에 매여 있다. 그런데 이 감옥에는 하나의 창문이 있다. 오로지 세상과 소통할 수 있는 창문. 그것이 바로 '책' 이다.

나의 친형은 민영교도소인 '소망교도소' 에서 근무하고 있다. 이야기를 들어보니 정말 다양하고 수많은 죄들로 수감생활을 하는 사람들을 많이 만날 수 있다고 한다. 평소에는 착하고 성실한 사람이었지만 단 한 번의 실수로 감옥에 들어온 사람들이 생각보다 많다는 이야기에 마음이 아팠다. 그 젊은 20~30대 나이에 꿈도 소망도 모두 한순간에 물거품이 되는 순간이었으리라 생각된다. 그런데 이 교도소에는 특별한 프로그램이 하나 있다. 바로 독서 시간이 따로 주어진다는 것이다. 모든 하루 일과를 끝내고 저녁식사를 마친 후 삼삼오오 모여 책을 읽는다. 책을 읽으며 그 어두운 교도소에서도 꿈을 꾸고 제2의 인생을 위해 준비하는 사람들이 많이 늘어나고 있다. 더더욱 놀라운 것은 그러한 프로그램을 통하여 재범률이 3% 미만이라고 한다. 책을 읽고 나니 꿈이 생기고 소망이 생겨 더 이상 죄를 짓지 않는 다는 것이다.

그렇다. 빛이 없는 칠흑과도 같은 어두움 가운데서도 빛으로 인도해주는 것이 바로 책이다. 책을 읽는다면 어떠한 막막한 상황 가운데서도 꿈을 발견하게 되고 그 꿈을 통해 하루하루가 희망이 생기는 것이다. 많은 직장인들이 꿈은 그냥 꿈으로만 생각하는 경우가 많다. 꿈은 언제든지 현실이 될 수 있고, 꿈을 이루는 것이 남의 이야기가 아닌 나의 이야기가 될 수 있음에도 꿈을 지탱할 힘이 없는 것이다. 그러나 책은 계속해서 나에게 동기부여를 해주고 내가 좋아하는 길이 맞는 길임을 끊임없이 응원한다. 우리가 성공하지 못하는 이유는 실패를 반복하거나 한 번도 성공하지 못한 사람들의 이야기를 듣기 때문이다. 책을 통하여 각 분야의 성공자의 이야기를 들었을 때만이 진짜 성공의 길을 알게 된다.

세계에서 노벨상을 가장 많이 받은 민족은 바로 유대인들이다. 유대인들 역시 책을 통해 본인들만의 길을 간다. 한국은 매년 취업대란에 헤매고 있지만, 유대인들은 대학을 졸업하여 80~90%가 취업이 아닌 창업을 한다. 이것이 '책의 민족'의 힘이다. 유대인들에게 창업은 너무나 당연한 것이다. 왜냐하면 주변에 창업을 통해 성공한 이야기들을 쉽게 책에서 찾아 볼 수 있기 때문이다. 우리나라 사람들은 창업을 하려해도 주변에 부정적인 말들로 시도조차 두려워하는데, 유대인들은 책을 통해 얻은 창업에 대한 마인드가 벌써 다른 것이다.

생각하는 것은 누구나 할 수 있다. 그러나 그것을 행동으로 옮기기 위해서는 반드시 나보다 먼저 그 길을 걸어간 사람, 나보다 더 힘겹게 걸어간 사람들을 통해 동기부여를 받아야 한다. 주변에 해보지도 않고 겁부터 주는 사람들의 말을 따라갈 필요가 없다. 성공하기 위해서는 성공한 사람들의 말을 따라가는 게 당연한 이치가 아닌가. 멋진 몸을 만들기 위해서는 근육질의 트레이너에게 배워야지 왜 작심삼일로 포기해 버린 배나온 아저씨의 말에 귀를 기울이는가. 성공하려면 성공자의 말만 듣고 나아가야 한다.

직장인일수록, 바쁠수록 책을 읽어야 한다. 우리에게는 아직 새벽이라는 매일 주어지는 보너스 타임이 있지 않은가. 이 시간은 누구에게나 주어지지만 누구나 가질 수 없는 시간이다. 새벽을 정복하기가 어렵지 정복할 수만 있다면 나의 삶은 매일 끌려가는 삶에서 이끄는 삶으로 역전될 것이다. 새벽독서는 하루를 살아갈 힘을 줄 뿐만 아니라 하루를 기대하게 된다. 그러다보면 억지로 하는 수동적인 삶에서 능동적인 삶을 살게 된다. 매일 같이 반복되는 직장 생활에서도 늘 새로움을 느낄 수 있으며 직장에 있는 시간이 고달픈 시간이 아닌 꿈을 이루기 위해 나를 성장시키는 시간이 될 것이다.

직장인이 살아남기 위해서는 새벽을 깨워 책을 읽어야 한다. 책은 나의 뇌를 열어주어 수많은 아이디어들을 떠오르게 한다. 억지로 끌려가는 하루가 아닌 기대되는 하루로 시작하게 해준다. 책을 읽고 출근하는 것은 먼저 이겨놓고 전쟁터에 나가는 것이라 말할 수 있다. 직장에서 승리하려면 새벽을 깨워 독서로 시작하라.

$$05$$

•

새벽은 아무에게도 방해 받지 않는 시간이다

새벽은 성공하려는 사람만이 만날 수 있다.
당신이 성공하기 위해서는 아무에게도 방해 받지 않고 간섭받지 않는
새벽 시간을 활용하여 다가올 미래를 준비하라.

"카톡! 카톡!"

오늘도 어김없이 아침부터 카톡이 수차례 오기 시작한다. 나중에 한 번에 확인해도 되지만 바로 확인하는 게 습관이 되어 있는 나는 허둥지둥 카톡을 열어본다. 특별히 급한 것도 아니지만 나는 오늘도 카톡에 매여 하루를 시작한다.

나는 2015년도에 내가 봉사하는 곳에서 임원으로 섬기며 소위 '카톡 노이로제'가 생겼다. 함께 임원으로 섬겼던 사람들 대부분이 직장인들이라 각자 회사에서 하루에도 수십 개, 수백 개의 카톡을 주고받으며 회의를 진행해야 했다. 그때는 정말 핸드폰을 꺼놓고 싶을 만큼 카톡이 너무 많이 와서 업무에 방해가 될 정도였다. 어느 순간부터는 카톡이 오지 않았는데도 습관적으로 자꾸 핸드폰을 확인하게 되어 나

의 생활리듬은 정상적인 생활이 어려웠다. 아침부터 저녁까지 카톡으로 회의를 주고받으니 나의 시간을 갖기란 더더욱 힘이 들었다.

그래서 생각한 것이 바로 새벽시간을 활용하자는 것이었다. 새벽은 아무에게도 방해 받지 않고 오로지 나 자신만을 위해 사용할 수 있는 시간이다. 이 시간은 덤으로 주어지는 시간이기에 사용해도 그만 사용하지 않아도 그만이지만, 새벽시간을 사용하게 된다면 그 어느 시간보다 집중이 잘되고 여유 있게 하루를 맞이할 수 있게 된다. 새벽에는 누구에게 전화 올 일도 없고, SNS가 울릴 일도 없으며, 창밖의 세상은 고요하여 그 누구의 간섭도 받지 않는다. 뿐만 아니라 이제 막 자고 일어났기에 잡생각들이 사라지고 오로지 긍정적인 생각과 적극적인 마음들로 가득 차게 된다.

이렇게 아무에게도 방해를 받지 않으니 집중하여 많은 일들을 할 수 있는 것이 바로 새벽시간이다. 새벽의 1시간은 낮의 3시간이라는 말이 있다. 그만큼 몰입이 잘되고 능률이 배가 된다는 것이다. 이는 성공한 사람들 중 대부분이 새벽형 인간이라는 것만 봐도 알 수 있다.

베스트셀러인《출근 전 2시간》의 저자 김태광 작가는 너무나 가난하여 매일 고시원에서 라면을 주식으로 먹으며 아파트 신축공사 현장에서 막노동을 하며 책 쓰기에 매달렸다. 너무나도 힘들었던 시절 그는 성공의 답을 새벽에서 찾았다. 남들이 단잠에 빠져 있는 시간에 하루 계획을 세우고 꿈을 생생하게 상상하면서 책을 쓰기 시작한 것이다. 그런 노력 끝에 그는 35세에 100권의 책을 내며 기네스에 등재되었는가 하면 50억 자산가가 되었다. 그는 성공의 비밀을 바로 '새벽5시에 일어난 것' 이라고 했다.

지금은 누구나 부러워하는 성공자의 삶을 사는 사람이라 할지라도 처음에는 그 누구 못지않게 힘들고 평범했다. 그들이 성공적인 삶을 살게 된 것은 바로 주어진 '시간' 을 생산적으로 활용했기 때문이다.

그들이 했으면 당신도 못할 이유가 없다. 당신만의 꿈과 목표가 있고 새벽을 깨우고자 계속해서 노력한다면 언젠가 당신도 성공자의 위치에 올라가 있게 될 것이다.

새벽 시간을 활용해 성공한 또 다른 한 사람을 소개 한다면《어머니 저는 해냈어요》의 저자이자 초정밀분야 한국최고의 명장이 된 김규환 씨를 들 수 있다. 그는 초등학교 과정의 학력으로 5개 언어를 구사하며, 우리나라 기술자 가운데 1급 자격증을 가장 많이 가지고 있다. 공장청소부로 힘들게 시작한 그가 어떻게 이런 일이 가능했을까.

그는 자신의 성공비결을 다음과 같이 말한다.

"25년간 새벽에 일어나 남보다 더 공부하고 노력한 덕분입니다."

지금도 그는 예전과 동일하게 새벽 3~4시에 일어나 독서로 하루를 시작한다고 한다.

새벽은 그 어떤 직장인에게나 잠재된 능력을 최대화 시킬 수 있는 황금시간이다. 더 이상 황금시간을 헛되이 보내서는 안 되며 하루라도 빠리 새벽을 내 것으로 만들어야 한다. 당신이 버린 새벽시간이 결국 당신의 성공을 더디게 만들 것이다.

새벽은 그 누구의 방해를 받지 않기에 나와 1:1로 만나는 시간이다. 새벽은 나를 객관적으로 보게 된다. 그리고 나의 장점과 단점을 발견할 수 있는 좋은 시간이다. 그래서 장점은 키우고 성장시키며, 단점은 줄이고 반성할 수 있는 최적의 시간이 되는 것이다. 또한 새벽 시간은 내가 할 수 있는 것은 무엇이든 할 수 있다. 독서, 운동, 영어공부, 자기계발 등 마음만 먹는다면 그 어떤 것도 가능하다. 새벽 시간은 그 누구의 터치가 없기에 나만의 시간을 갖기에 매우 적합한 시간이 된다.

나는 새벽에 일어나 많은 일을 한다. 우선 새벽3시에 일어나면 1시간가량 몰입하여 독서를 한다. 새벽에 읽는 책은 그 어느 시간보다 집중이 잘되어 많은 양의 책을 읽을 수 있다. 그리고 교회에 가서 예배를 드리고 바로 헬스장으로 향한다. 생각보다 헬스장에는 새벽부터 운동하러 오는 사람들이 많다. 대부분 나이가 있으신 어르신 분들이지만 혼자가 아닌 누군가와 함께 운동을 한다는 것은 나에게 동기부여가 되어 더욱 열심히 하게 된다. 그렇게 1시간 넘게 운동을 하고 출근을 해도 남들보다 직장에 일찍 도착하여 여유 있게 하루를 준비할 수 있다.

그렇다. 새벽은 하루를 바쁘게 살아가는 현대인에게 꼭 필요한, 없어서는 안 되는 시간이다. 특별히 늘 사람에 치이고 일에 치어 살아가는 스트레스로 가득한 직장인들에게 이 시간은 꼭 필요하다.

　나와 함께 일하는 J양은 1년 전만해도 누가 봐도 통통한 외모의 숨기 없는 평범한 여자였다. 그런데 어느 날 내가 새벽을 깨워 책도 보고 운동도 한다는 이야기를 전해 듣고 나를 찾아왔다.

　"선생님은 어떻게 이렇게 매일 새벽을 깨워 본인의 시간을 가져요? 저도 저만의 시간을 갖고 싶어요. 저녁 퇴근 시간을 활용하여 운동을 시작하려 했는데 사실 다른 약속들이 끊임없이 잡혀서 헬스장을 등록하고 일 년이 다 되어 가지만 다섯 번도 못나가고 있어요. 혹시 좋은 방법이 있을까요?"

　J양은 성격이 좋아 친구들 역시 많았다. 그래서 거의 매일 저녁마다 약속이 있다고 한다. 나는 그녀에게 새벽 시간을 활용할 수 있도록 나의 경험을 담아 컨설팅을 해주었다. 새벽시간은 잠을 보충하는 시간으로만 알던 J양에게는 쉽지 않은 도전이었다. 그렇지만 본인도 간절했기에 계속해서 새벽의 문을 두드렸고, 나 역시 계속해서 체크 해주며 새벽을 깨울 수 있도록 도움을 주었다. 시간이 지나 그녀는 몰라보게 살을 많이 뺐으며 전과 달리 굉장히 자신감 넘치는 멋진 여성으로 변신해 있었다. 그리고 지금은 평소보다 더 일찍 일어나 해외 유학의 꿈을 품고 영어회화 공부까지 한다고 한다.

　이와 같이 새벽은 아무에게도 방해 받지 않고 나만의 미래를 준비할 수 있는 최적의 시간이다. 만날 사람도, 눈치 볼 사람도 없고 오로지 나에게 집중할 수 있는 시간인 것이다.

인간의 불행은 '남들과의 비교'에서부터 온다. 나보다 더 가진 거 같아 늘 내 안에 불평·불만으로 가득 채워지게 된다. 이러한 비교의식에서 벗어나려면 새벽을 깨워야 한다. 새벽은 나와 단독으로 만나는 시간이다. 남의 가진 것을 보고 배 아파하는 것으로 끝나는 게 아닌 나의 부족함을 채울 수 있는 시간이다. 그 누구도 간섭하지 않기에 마음만 먹는다면 나를 성장시키는 것이 얼마든지 가능하다.

나는 감히 말할 수 있다. 새벽 성공이 인생 성공이라고. 새벽은 성공하려는 사람만이 만날 수 있다. 당신이 성공하기 위해서는 아무에게도 방해 받지 않고 간섭받지 않는 새벽 시간을 활용하여 다가올 미래를 준비하라.

06

새벽은 1시간을 3시간처럼 활용 할 수 있다

새벽시간을 나의 것으로 만들어야 한다.
새벽시간에 끌려가는 것이 아닌 새벽시간을 나의 동지로 만들어야 한다.
모두가 잠든 새벽 시간은 깨워본 사람만이 안다.

"바쁘다 바빠"

"시간이 없어서 못해"

바쁘다는 말, 시간이 없다는 말은 현대인들이 입에 달고 하는 말 중에 하나다. 그도 그럴 것이 요즘 현대인들은 너무나 바쁘게 하루를 살아가고 있다. 아니 보다 정확히 표현하자면 하루를 분주하게 억지로 살아내고 있다. 본인이 원하지 않는 하루의 삶을 겨우 살아내고 있는 것이다.

얼마 전 TV에서 새로운 기사를 접하게 되었다. 최근 젊은이들에게 한창 인기를 끌고 있는 직종인 공무원에 대해 조사한 것인데, 이제 막 합격하여 들어간 공무원 10명 중 9명이 들어 간지 한 달도 안 되어 그만두고 싶어 한다는 내용이었다. 몇 년 동안 어렵게 공부하여 수백 대일의 경쟁을 뚫고 들어간 공무원이지만 늘 영혼 없이 하던 일을 반복하는 것에 대해 회의감이 든다는 것이다. 뿐만 아니라 박봉인 것은 미리 예상을 하고 갔지만 너무나 적은 월급에 한 달에 한번 문화생활도 쉽지 않고, 칼퇴를 기대했지만 생각보다 개인 시간을 갖기가 어렵다고 한다. 정년이 보장되는 최고의 직업이라고 해서 열심히 공부하여 들어가기는 했지만 이럴 바에야 대학은 왜 나왔으며, 퇴직을 한 후의 남은 삶은 무엇을 하며 살아야 하는지 답이 나오지 않는 다는 것이다.

내 주변에도 취업을 준비하는 이들에게 물어보면 가고 싶은 곳은 딱 두 군데로 압축 된다. 바로 대기업과 공무원. 이것이 우리나라의 현실이다. 요즘 젊은이들은 아무 꿈도 소망도 없이 그냥 안정된 직장이라고 하면 너도나도 할 것 없이 쫓아가기 바쁘다. 마치 대기업과 공무원에 합격하면 그것이 인생의 성공인 듯 어깨에 힘이 들어가는 모습이 참으로 안타깝다.

나 역시 공무원 준비를 해본 적이 있다. 결혼을 약속한 여자 친구의 부모님께서 안정적인 직장에 들어가기 전까지는 결혼을 허락할 수 없다기에 울며 겨자 먹기 식으로 준비했다. 그런데 공무원 공부를 하면 할수록 이 길은 나의 길이 아님을 확신할 수 있었다. 결국 중도에 포기하게 되었고, 몇 년 후 여자 친구와도 헤어지는 아픔을 겪어야 했다.

그리고 1년뒤에 다시만나 지금은 결혼을 준비하고있다.

그렇지만 후회는 하지 않는다. 공무원의 길로 갔다면 나의 꿈인 작가가 되는 것은 상상도 못하고 그냥 주어진 대로 노예처럼 일하며 살아갔을 것이기 때문이다. 공무원을 준비하면서도 나는 새벽 시간만큼은 책을 읽으러 노력했다. 그 당시 자기계발 도서들을 많이 읽었는데 꿈을 이룬 모든 이들의 공통점은 안정되고 남들이 가라하는 곳으로 '절대' 가지 않았다는 것이다. 오히려 길이 없는 곳에 길을 만들고, 남들이 안 된다고 한 곳에서 개척자의 삶으로 살아가 성공한 이야기들이 나의 가슴을 뜨겁게 했다. 이렇게 활활 타는 꿈을 안고 공무원 준비를 하려고 했으니 마치 밀림의 왕이 될 새끼 사자에게 풀을 먹으며 살라고 하는 것과 같았다.

본인이 새끼 고양이가 아닌 새끼 사자임을 알게 되는 것은 무엇일까? 바로 독서를 통해 나의 가치를 발견해야 한다. 책은 실패한 사람들이 들려주는 이야기가 아닌 각 분야의 성공한 사람들의 이야기가 담겨져 있기에 반드시 책을 읽어야 한다. 우리는 흔히 단 한 번도 성공하지 못한 사람들의 말에 휩쓸릴 때가 많이 있다. 그들은 성공을 해본 적도 없으면서 우리에게 갈 길을 안내해 주는 것이다. 부모님 역시 마찬가지다. 부모님의 삶이 정말 내가 바라는 삶이라면 모를까 그렇지 않다면 부모님의 말도 내 속에 크게 담아주지 말아야 한다.

정말로 꿈을 이루고 싶고 성공하고 싶다면 성공한 사람들의 말만 들어야 한다. 성공자의 마인드로 나를 탈바꿈해야 하는 것이다.

책의 수많은 인물들의 공통점은 책을 통해 꿈을 찾고, 책을 통해 꿈의 길을 찾았기 때문에 평범할수록 우리는 더욱 치열하게 책을 읽어야 한다. 꿈을 찾기 위해서는 독서를 해야 한다. 나보다 먼저 성공한 사람들의 삶을 통해 나의 길을 안내받아야 한다. 그러나 그러기에는 현대인들의 삶은 너무나 바쁘다.

현대 직장인들에게 '칼퇴' 라는 개념이 없어진지 오래다. 그리고 야근은 늘 밥 먹듯이 하는 게 일상이 되었다. 뿐만 아니라 현대인들의 필수품인 스마트 폰을 통해 본인의 자유 시간을 헌납하고 있다. 시간을 훔치는 도둑인 스마트 폰에게 말이다.

그렇다면 정말 책을 읽을 시간은 없는 것일까? 아니다. 있다. 바로 새벽시간을 활용하여 읽으면 된다. 새벽은 다른 시간보다 시간이 느리게 간다는 사실을 아는가? 마치 영화 '엑스맨' 에서나 나올법한 이야기라 생각할지 모르지만 새벽은 확실히 다른 시간에 비해 느리게 흘러간다.

아인슈타인의 '상대성 이론' 을 보면 빠른 속도로 달리는 운동계에서는 외부에 비해 시간이 느리게 흐른다고 적혀 있다. 이와 같이 새벽시간은 집중하는 힘이 남다르기에 새벽의 1시간은 다른 시간의 3시간과 맞먹는다고 볼 수 있다. 그만큼 많은 일들을 집중력 있게 할 수 있다는 것이다. 나는 짧은 새벽 시간을 통해 독서와 운동 그리고 교회에 나가 기도를 하고 하루를 시작한다. 그럼에도 시간이 남아 직장에 보통 한 두 시간 정도 일찍 출근 하여 여유 있게 하루를 준비한다. 새벽

시간은 sns처럼 나를 방해하는 요소들도 없고, 고요하기에 다른 시간에 비해 더욱 많은 일들이 가능한 것이다.

새벽 시간을 활용해 눈부신 인생 2막을 준비한 사람들이 많다. 그중에 대한민국 최고의 자기 경영 전문가로 꼽히는 공병호 박사가 있다. 공 박사는 연간 5~6권의 책과 300~400건의 기고를 쓰고 200~300회의 강연을 소화하는 것으로 유명하다. 어떻게 한 사람이 이렇게 많은 일들을 감당할 수 있을까. 의문의 답은 바로 '새벽'에 있었다.

공 박사는 모두가 잠들어 있는 새벽 3~4시에 기상한다. 시간을 최대한 활용하기 위해서이다. 매일 새벽에 일어나 아침까지 3시간 동안 글을 쓰는 그는 새벽형 인간이 되지 않고서는 이렇게 많은 분야에서 성공할 수 없다고 말한다.

또한 신원그룹의 박성철 회장은 전형적인 '새벽형 CEO'이다. 새벽 4시에 일어나 새벽 기도로 하루를 시작하는 그는 그 바쁜 가운데서도 하루도 거르지 않고 새벽독서와 신문을 통독한다. 그리고 오전 6시 30분 쯤 집을 나서 회사에 제일 먼저 출근한다. 출근하자마자 세계 각지에 나가 있는 해외 법인을 점검하는 것으로 업무를 시작한다. 남산에서 이슬을 맞으며 노숙했을 정도로 그 누구보다 힘든 시절을 보낸 그가 지금과 같은 성공을 이룰 수 있었던 비결은 무엇일까? 박 회장 역시 새벽형 생활을 꼽는다. 새벽에는 여러 창의적이고 다양한 아이디어가 나오기에 그 많은 회사의 중요한 사항들을 현명하게 결정할 수 있었다고 한다.

새벽시간을 나의 것으로 만들어야 한다. 새벽시간에 끌려가는 것이 아닌 새벽시간을 나의 동지로 만들어야 한다. 꿈이 있는 사람은 잠자리에서 꿈꾸지 않는다. 꿈이 있는 사람은 절대 새벽잠으로 하루의 골든타임을 허투루 버리지 않는다. 모두가 잠든 새벽 시간은 깨워본 사람만이 안다.

옛말에 '일찍 일어나는 새가 벌레를 잡아먹는다.' 라는 말이 있다. 이 말이 끝나기가 무섭게 혹자는 "그럼 일찍 일어난 벌레는 뭐가 되나요?"라고 낄낄 되며 반문한다. 그 말이 맞다. 벌레의 삶을 살고 싶다면 일찍 일어나는 것이 불필요하다. 새에게 잡아먹힐 바에야 잠이라도 실컷 자두는 것이 좋을지도 모른다. 그러나 새와 같은 삶을 살고 싶은가? 하늘을 훨훨 날며 꿈을 향해 비상하고 싶은가? 그렇다면 일찍 일어나 새벽을 깨워 꿈 너머 꿈을 향해 날아보자.

•

07

새벽시간을 버는 것은 인생을 버는 것이다

지금도 늦지 않았다. 새벽을 깨워 당신만의 시간을 확보하라.
확보된 시간에 당신의 인생을 위해 투자하라. 회사를 위한 삶이 아닌 오직 당신만의
꿈을 위한 삶을 살아야 한다. 언제까지 회사의 노예로만 살 것인가.

일찍 일어나는 새가 많은 벌레를 잡아먹을 수밖에 없다. 이것은 당연한 이치이며 부정 할 수 없는 진리이다. 일찍 일어나지 않고 이불속에서 늦잠을 자는 사람은 부지런할 수 없다. 늦잠을 자는 사람은 남들이 벌레를 물어다주기만을 기다리거나, 물어다주지 않으면 그것에 대해 불평만 늘어놓는다. 그러나 일찍 일어나는 사람은 주변에 도움이 없어도 혼자서 벌레를 잡을 수 있으며, 환경에 크게 영향을 받지 않고 내가 가진 것에 감사하며 살아간다.

새벽을 깨우는 사람은 부지런한 사람이며, 부지런한 사람은 새벽을 깨우는 사람이다. 새벽을 깨운다는 것은 이미 성공을 했거나 성공을 향해 계속해서 나아가는 사람이다.

영국의 존 러스킨은 "새벽은 당신 인생의 시작처럼 살고, 석양은

당신 인생의 끝인 것처럼 살아라."고 말했다. 새벽에는 내 삶의 시작처럼 부지런하게 살아야 하고, 석양이 지는 저녁에는 흐지부지하게 하루를 마무리 하지 말고 이 역시 인생의 마지막 날처럼 부지런하게 살아야 한다는 것이다.

자석으로 치면 게으름은 N극 분주함은 S극이라 말할 수 있다. 게으름이라는 것은 안 좋은 것들만 끌어드려 결국 삶이 영양가 없이 바쁘기만 하다. 바쁘다는 말을 입버릇처럼 하는 사람들의 공통점은 게으른 사람들이 많이 있다. 열심히는 사는 것 같지만 결국에는 빈곤에서 빠져나올 수 없는 것이다. 그러나 부지런하다면 정말 해야 하는 일들의 우선순위를 정하기 때문에 바빠도 삶의 여유가 있다.

대한민국의 최고 부자였던 고(故)정주영 회장은 자택 현관에 이러한 문구가 쓰여 있다.

'일근천하무난사' 즉, 한 결 같이 부지런하면 천하에 어려움이 없다는 뜻이다. 이를 달리 말하면 부자가 아니어도 부지런하기만 하다면 돈 걱정 하지 않고 세상을 살아 갈 수 있다는 의미이다.

얼마 전 네이버 뉴스에 '인생2막 귀농, 부지런함으로 승부, 월 5000만원 매출 부부' 라는 기사를 본적이 있다. 1년 365일 하루도 빼먹지 않고 열심히 닭들을 돌보며 싱싱한 유정란을 생산하여 귀농 10년 만에 월 매출 5000만원을 이뤘다는 내용이었다. 이 부부의 성공 비결로 '근면한 성격' 을 꼽았다. 그 기사에서 부부는 "농촌에 살기 위해서는 누구보다 부지런해야 해요. 부지런한 사람이라면 충분히 귀농에 성공할 수 있습니다"라고 했다.

나 역시 특별한 스펙은 없지만 어려서부터 부지런한 것으로는 누구에게도 뒤처지지 않았다. 중·고등학교 때부터 남들보다 일찍 학교에 가는 것을 좋아했다. 비록 학교에 일찍 가서 잠을 자는 한이 있더라도 학교에 일찍 가서 친구들이 등교하는 것을 보는 것이 낙이었다. 그러한 습관이 지금의 성인이 되어서도 이어져 나는 보통 출근시간보다 1~2시간 일찍 출근하는 것을 좋아한다. 일찍 가서 특별히 할 일이 없을 때에도 나는 일찍 출근하여 하루를 계획하고, 독서를 하며 하루를 준비한다. 출근을 일찍 하여 오늘 하루를 그려보고 생각하다보면 수업에 대한 아이디어도 떠오르고, 보다 긍정적인 마인드로 학생들을 맞이할 수 있다.

전 직장은 분당에 있는 대안학교였다. 지금 사는 곳에서 지하철로만 1시간이 넘게 걸릴 만큼 먼 거리였음에도 나는 늘 다른 선생님들보다 일찍 출근했다. 물론 그때도 특별한 일이 있기보다는 혼자만의 시간을 갖으며 독서로 마인드 컨트롤하기 위해서였다. 특별히 어린 학생들을 만나고, 장애학생들을 대할 때에는 이러한 마인드 컨트롤이 굉장히 중요하다. 그렇지 않으면 아이들이 잘못을 했을 때 바로 화를 내거나 내 감정을 먼저 표출하기가 쉽기 때문이다. 그러나 항상 이렇게 마인드 컨트롤을 하고 학생들을 대하면 어떠한 상황에서도 아이들의 실수를 받아들일만한 넉넉함이 생긴다. 그래서 나는 일을 다니면서는 더 더욱 이러한 습관들을 더 철저히 지켰다.

어릴 적 인상 깊게 읽었던 동화가 있다. 제목은 잘 기억이 나지 않지만 내용은 생생하게 기억이 난다.

어느 마을 한 마음씨 착한 나무꾼이 산속에 나무를 하러 가는데 목이 매우 말라 주변을 살펴보니 마침 저 멀리 작은 우물이 보인다. 그래서 그 나무꾼은 우물을 한 모금 마셨는데 우물에 비친 자신의 모습이 젊어졌음을 확인할 수 있었다. 그 사실을 안 같은 마을의 욕심 많은 부자는 자신도 젊어지기 위해 우물이 있는 산속으로 한걸음에 달려간다. 마침내 우물을 발견하고 한 모금 마신 후 우물에 비친 자신의 모습을 확인하니 진짜 젊어졌다는 걸 알았다. 그는 욕심을 부리며 그 우물을 전부 마셔버린다. 그 이후 그는 어떻게 되었을까. 결국 그는 갓난아기가 되어 영원히 집으로 돌아가지 못하게 되었다.

이 동화를 보고 나도 동화 속 그 우물을 한 모금 마시고 싶다는 생각을 한 적이 있다. 그런데 그 우물을 현대판으로 비추어 본다면 그 신비의 우물은 바로 '새벽'이라고 할 수 있다. 새벽은 인생을 벌어다주기 때문이다. 할 일은 많은데 시간이 없다면 새벽을 깨워 숨어있는 시간을 찾아야 한다. 새벽시간만 확보 되면 나의 삶은 보다 여유로운 삶으로 바뀔 것이다. 남들보다 늦었다고 생각된다면 새벽시간으로 인생을 벌어야 한다.

호주에서 농부의 아들로 태어나 법학을 공부했고 미국에서 카툰을 그리며 유명해진 앤드류 매튜스는 다음과 같이 말했다.

'새벽에 일어나서 운동하고 공부하고 노력하는데도 인생에서 좋은 일이 일어나지 않는다고 말하는 사람을 본 적이 없다.' 이와 같이 새벽을 깨워 부지런히 살아가는 사람들은 남들보다 앞서게 되는 것이고, 자기 관리에 철저하기에 그 어떤 일들도 넉넉히 감당하게 되는 것이다.

세계적으로 유명한 사람들은 대부분 새벽을 깨워 자기 관리에 힘쓰고 자신만의 시간을 충분히 갖는다. 월트디즈니의 CEO인 로버트 아이거는 '나는 매일 4시30분에 일어나 운동, 신문구독, 이메일 확인, 인터넷 서핑, TV 시청 등 여러 가지 일을 한 번에 한다. 4시30분은 나를 충전하는 가장 좋은 시간이다. 성공하려면 일찍 일어나라.'라고 했다.

그 바쁜 업무 가운데서도 새벽 시간을 놓칠 수 없는 이유는 바로 나를 충전하는 가장 좋은 시간이기 때문이라는 것이다. 비록 새벽에 일어나는 것은 힘이 들지만 새벽을 깨우면 나만의 시간이 늘어나 수많은 일들을 할 수 있기 때문에 보다 풍성한 삶을 살게 된다.

그리고 미국 오바마 대통령의 퍼스트레이디인 미셸 오바마는 '사람들은 일을 하기 위해서라면 일찍 일어난다. 아이를 돌보기 위해서도 기꺼이 일어난다. 하지만 자신 때문에 일찍 일어나야 한다면 도저히 새벽 4시 30분에 일어날 수 없다고 생각한다. 우리는 오로지 나 자신을 위해 나만의 시간을 위해 일찍 일어나야 한다.' 라고 했다. 새벽 일찍 출근하라고 하면 무슨 일이 있어도 시간에 맞게 출근하려고 하지만 정작 자신을 위해서는 새벽을 깨우기 어려워하는 것이다. 자신만을 위한 시간을 만들어야 한다. 늘 남을 위해 살아간다면 평생 시간의 노예로 살아갈 수밖에 없다. 새벽 시간을 버는 것은 자신의 시간을 버는 것이고, 더 나아가 인생을 버는 것이다.

지금도 늦지 않았다. 새벽을 깨워 당신만의 시간을 확보하라. 확보된 시간에 당신의 인생을 위해 투자하라. 회사를 위한 삶이 아닌 오직 당신만의 꿈을 위한 삶을 살아야 한다. 언제까지 회사의 노예로만 살 것인가. 회사는 절대 당신의 인생을 보장해 주지 않는다.

새벽을 깨워 당신의 인생과 꿈을 위해 준비할 때에 진심으로 행복한 삶을 살게 될 것이고, 머지않아 당신도 성공자의 위치에 놓이게 될 것이다.

●

08

새벽독서에서 행복을 발견하다

하루를 움직이게 하는 원동력은 나의 꿈에서 비롯된다.
꿈을 생생하게 꿈꿀 수 있다면 하루 삶의 질이 달라진다. 새벽은
잠자는 시간이 아닌 행복을 발견하는 시간이다.

🕐

주변 많은 사람들이 내가 새벽을 깨워 책을 보는 것에 대해 궁금해한다. 그리고 이어서 궁금해 하는 것이 도대체 어떻게 새벽에 일어나 책을 읽게 되었는지도 함께 물어보곤 한다. 물론 나 역시도 20살 이전까지는 특별한 일이 아닌 이상 새벽에 일어날 생각을 전혀 하지 않았다. 평범한 보통 사람들과 같이 새벽은 나에게 잠을 자기에 너무나도 달콤함 시간이었다. 하나의 사건이 있기 전까지는 말이다.

나는 대학입시에 실패하여 재수를 했다. 사실 공부를 그렇게 열심히 한 편이 아니라서 나에게 재수라는 것이 어쩜 당연한 코스였을 수도 있다. 그러나 재수를 하며 알게 모르게 스트레스를 받았는지 생각지도 못한 병이 생겼다. 바로 '대인기피증'이다. 무슨 재수를 한 것으로 대인기피증이 생기냐고 말하는 사람들도 있겠지만 나로서는 굉장

히 힘든 시기였던 거 같다. 내 인생의 첫 실패이기도 하였고, 나를 철석같이 믿고 계시는 부모님께 실망감을 드렸다는 것 하나만으로도 나는 죄송한 마음이 큰 부담감으로 다가왔다. 나의 병은 최대한 내색을 안했기에 가족들도 전혀 몰랐다. 그러나 남들과 밥을 먹으면 바로 토해버릴 정도로 심각한 상황이었다. 뿐만 아니라 매년 보는 친척들과도 명절에 만나 함께 밥을 먹으면 나는 바로 화장실로 달려가 전부 토해버렸다. 그만큼 나는 사람들의 반응과 관심에 민감했다. 오로지 가족들과의 식사 시간을 제외하고 나에게는 모든 것들이 스트레스가 되었던 것이다.

그러던 어느 날 나는 평생 하지 말아야 할 생각을 하게 되었다. 바로 자살이다. 전에는 자살하는 사람들의 기사를 접하게 될 때면 '자살할 용기가 있으면 차라리 그 용기로 살아가지' 라는 생각을 했었는데 내가 막상 그러한 상황이 되어 보니 자살하는 사람들의 심정을 백번 이해할 수 있었다. 자살을 결심한 나는 눈이 소복이 쌓인 겨울, 옥상으로 무작정 올라갔다. 사실 자살을 생각하고 올라간 것은 아니었는데 계단을 오르며 드는 생각이 내가 죽으면 이 모든 것이 깨끗하게 정리가 될 거 같은 생각이 들었다. 자살을 결심하고 나니 말로만 듣던 나의 지난 과거들이 주마등처럼 지나가며 지난날을 회상하게 되었다. 그때 참 많이 울었다. 눈물의 이유는 알 수 없었지만 부모님께 죄송한 마음이 가장 컸던 거 같다. 그런데 그때에 순간 커다란 동물이 내 앞을 지

나갔다. 바로 쥐였다. 나는 쥐띠임에도 불구하고 쥐를 끔찍하게 싫어하는데 마침 쥐가, 그것도 엄청난 크기의 쥐가 내 앞을 휙 지나가는 것을 보고 정신을 차려 다시 옥상에서 서둘러 내려오는 웃지 못 할 해프닝을 겪었다.

자살이라는 극단적인 생각에서는 벗어날 수 있었지만 근본적인 나의 대인기피증은 여전히 나를 힘들게 했다. 밖은 나가고 싶었지만 그렇다고 사람들을 볼 용기는 나지 않았기 때문이다. 정말 '이렇게 살다가 스트레스로 미쳐 버리겠구나' 라는 생각을 하게 되었다. 그러다 순간 아이디어가 떠올랐다. 사람들이 많이 다니지 않는 새벽시간에 밖으로 나가기로 한 것이다. 새벽은 비록 사람들을 만나도 서로 얼굴을 확인하지 않기 때문이다. 그래서 세상 구경을 하기에 나에게는 최적의 시간이었다.

깊은 겨울이라 밤이 길었던 어느 날. 나는 바로 다음날 새벽을 깨워 근처 내가 출석하는 교회로 가게 되었다. 교회 맨 뒷자리에 앉아 있다가 예배가 끝나고 사람들이 모두 빠지면 그때야 나는 집에 돌아오기를 여러 달 반복했다. 그때부터 나는 다행이 조금씩 좋아지기 시작했고, 그때부터 깨운 새벽을 지금까지 깨우고 있는 것이다.

지금에야 이렇게 아무렇지 않게 얘기 할 수 있지만, 그 당시 나에게 있어 정말 너무나도 힘든 시기였다. 그러나 고통 중에 진주가 만들어지는 것처럼 나 역시 이 시간이 나를 단단하게 연단해주는 시간이었다. 그리고 보너스로 새벽이라는 귀한 보물을 선물 받게 되었다.

내가 세상에서 가장 존경하는 인물이 있다. 그분은 바로 우리 어머니이다. 우리 어머니는 자식인 내가 무슨 일을 하든 항상 존중해주고 응원해주신다. 학창시절 때에는 단 한 번도 성적으로 잔소리를 한 적이 없다. 이렇게 얘기를 하면 공부를 잘해서 그런 거 아니냐고 많이들 얘기하지만 위에서 언급한 것처럼 나는 공부를 잘한 편은 아니었다.

중·고등학교 때 시험을 치루고 성적표가 나오면 담임선생님은 항상 부모님께 확인을 받고 사인까지 받아오라고 했다. 나는 그것이 얼마나 싫었는지 모른다. 그래도 어쩔 수 없이 어머니께 보여드리면 어머니는 표정 하나 안 바뀌시고 "고생했네. 반찬 뭐 해줄까?"라고 한 마디 하시곤 사인을 해주셨다. 처음에는 속으로 '다행이다.', '이번에도 잘 넘어갔다.'라고 생각했지만 그러한 일들이 반복되다 보니 오히려 부담감이 작용하여 '더 열심히 해야겠다.'라는 책임감으로 바뀌었다. 어머니를 한 마디로 정의 하자면 '팥으로 메주를 쑨대도 믿어주시는 분'이다. 그러한 어머니를 어찌 존경하지 않을 수 있으랴. 대부분의 어머니들이 가정을 위해 한 평생 희생을 하지만 그 가운데서도 끊임없이 자식들에게 용기를 주고 꿈을 심어주는 어머니는 흔치 않을 것이다.

그러한 어머니가 요즘 아들이 새벽독서에 대해 책을 쓴다고 하니 함께 새벽에 일어나 책을 읽으신다. 든든한 지원군이 생긴 것이다. 이

번 주에는 3권이나 읽을 정도로 독서광이 되었다. 직장에 다니는 어머니는 집으로 돌아오시면 쉬는 시간도 없이 가정 일까지 도맡아 한다. 그래도 이렇게 잠깐이라도 짬 시간을 활용하여 책을 읽는 이 시간이 너무나 행복하다고 한다. 늘 바쁘고 개인 시간이라곤 전혀 없던 어머니가 이렇게 새벽을 깨워 책을 읽으니 나 역시도 너무나 행복하다. 그리고 최근에는 함께 읽은 책으로 독서토론도 함께 하고 있으니 얼마나 감사한지 모른다. 어머니는 이러한 말을 한다.

"태진아, 책이 이렇게 재미있는 건지 몰랐다. 늘 바쁘다는 핑계로 책을 읽지 않은 것이 후회가 되지만 이제부터라도 새벽을 깨워 책을 보니 너무나 감사하다. 읽을 책이 있어서 새벽에 일어나는 것도 힘들지 않고 너무나 기다려져. 그리고 책을 통해 나도 꿈이라는 것이 다시 생기는 거 같아. 아직 명확하지는 않지만 나도 아들처럼 책을 많이 읽으면 곧 나도 꿈을 이룰 수 있을 거 같아."

나의 어머니는 매일 새벽마다 꿈을 꾼다. 누구는 잠을 자며 꿈을 꾸지만 나의 어머니는 책을 통해 꿈을 꾼다. 자고 일어나면 잊히는 그러한 꿈이 아닌 평생 가슴 뛰게 하는 그러한 꿈 말이다.

하루를 움직이게 하는 원동력은 나의 꿈에서 비롯된다. 꿈을 생생하게 꿈꿀 수 있다면 하루 삶의 질이 달라진다.

바둑에 '복기' 라는 것이 있다. 한 번 두고 난 바둑을 다시 한 번 검토하기 위해 두었던 대로 다시 한 번 놓아 보는 것이다. 하루를 시작하기에 앞서 독서로 나의 꿈을 생생하게 복기하라. 계속해서 복기한다면 그것은 어느새 나의 현실이 되어 있을 것이다.

새벽은 잠자는 시간이 아닌 행복을 발견하는 시간이다. 지금 삶이 행복하지 않다면 새벽독서로 행복을 만나보길 바란다.

CHAPTER
02

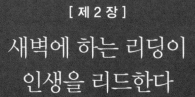

[제 2 장]

새벽에 하는 리딩이
인생을 리드한다

"

인생 최고의 투자는 새벽독서다.
자신이 가진 것이 없다면, 하루하루가 빠듯하다면,
내세울 것이 없다면 새벽독서에 투자하라. 새벽독서가
당신이 꾸는 꿈을 현실로 이끌 것이다.

"

●

하루 1시간 독서의 힘

책이 인도해주는 길이라면 그 길은 믿고 가도 좋다.
성공하고 싶다면, 오늘보다 나은 내일을 살고 싶다면 하루에 1시간은 독서를 하며
생각하는 힘을 키워 나의 미래를 준비해야 한다.

🕐

"나는 매일 새벽 5시부터 3시간 동안 독서를 한다. 내가 가장 즐겨 읽는 책은 플라톤의 저작들이다." –미국 45대 대통령 도널드 트럼프–

얼마 전 미국의 45대 대통령을 뽑는 대선이 있었다. 많은 이들이 힐러리가 당선될 거라 예상했지만 뜻밖의 인물이 미국의 대통령이 되었다. 그는 바로 도널드 트럼프이다. 과연 그가 얼마나 미국을 일으킬지는 두고 볼 일이지만 그는 매일 새벽에 일어나 3시간씩 독서를 한다는 이야기를 들었다. 그렇게 바쁜 가운데서도 하루의 시작을 독서로 시작하는 트럼프가 내심 기대 된다.

트럼프를 제외하고서도 미국의 대통령 중에는 소위 독서광으로 알려진 이들이 많이 있다. 링컨, 워싱턴, 제퍼슨, 시어도어, 루스벨트, 아

이젠하워, 케네디까지 모두 늘 바쁜 업무 가운데서도 책을 손에서 놓지 않은 인물들이다. 이처럼 훌륭한 대통령으로 국민들의 존경과 사랑을 받았던 이들은 시대를 간파할 수 있는 혜안과 통찰력이 모두 독서에서 비롯되었다고 한다. 특별히 링컨은 "한 권의 책을 읽은 사람은 두 권의 책을 읽은 사람의 지도를 받게 되어 있다"는 명언을 남길 정도로 리더가 되기 위해서는 독서가 얼마나 중요한지를 말해준다.

책을 볼 시간이 없다는 사람들을 주변에서 흔히 찾을 수 있다. 그러나 그것은 미안한 말이지만 핑계에 가깝다. 정말 책을 읽을 시간이 없는 것인가. 아니면 책을 읽을 마음이 없는 것인가. 책을 읽고자 하면 없는 시간도 낼 수 있다. 세계에서 성공한 사람들의 공통점은 매우 바쁘다는 것과 또 하나는 바쁜 가운데서도 책을 손에서 놓지 않는다는 것이다. 오히려 이들은 바쁘면 바쁠수록 더욱 치열하게 책을 읽는다. 책을 읽지 않으면 생각 없이 바쁜 업무에 쫓아다닐 수밖에 없고 중요한 결정을 내릴 일들이 많아 독서는 필수가 되기 때문이다. 그러나 책을 읽으면 쫓아가는 인생이 아닌 이끄는 삶으로 탈바꿈 할 수 있다. 그래서 성공자들은 그 바쁜 업무 가운데서도 책을 치열하게 읽는 것이다.

아무리 바쁜 날이라 해도 하루에 TV와 인터넷, 스마트 폰만 멀리한다면 하루 1시간 이상은 책 읽을 시간이 주어진다.

2011년 미국의 한 컨설팅회사가 재미있는 조사결과를 발표했다. '부자는 신문을 읽고 빈자는 TV를 본다' 는 것이었다. 조사 결과에 따르면, 미국에서 연봉 50만 달러 이상인 사람들의 70%는 신문을 읽는다고 대답했는데, 연봉 20만 달러 미만인 사람들 중에서는 44%만이 신문을 읽는다고 답했다. 반면 TV시청 시간은, 연봉 50만 달러 이상 되는 그룹에서는 21%가 일주일에 5시간미만으로 시청한다고 대답했는데, 연봉 20만 달러 미만 그룹에서는 75%가 일주일에 11시간 이상 TV를 본다고 대답한 것으로 나왔다.

마이클 샌델의 《돈으로 살 수 없는 것》에서도 "사회 계층이 낮아질수록 TV가 켜져 있을 확률이 높다"는 주장이 나오고, 미국의 계층별 특징을 연구한 루비 페인의 《계층이동의 사다리》에서도 "대물림되는 가난의 특징 가운데 하나는 집안에 항상 TV가 켜져 있다는 것"이라고 소개되어 있다.

TV를 보는 대신 책을 보면 TV 카메라가 당신을 향하게 된다. TV를 보는 사람이 아닌 TV에 나오는 유명인이 되고 싶다면, 시청료를 내는 사람이 아닌 출연료를 받는 사람이 되고 싶다면 TV와는 헤어지고 책을 만나야 한다.

하루 1시간씩이라도 꾸준히 책을 읽을 시간을 확보하라. 내 삶을 되돌아보면 분명 자투리 시간을 낼 수 있을 것이다. 스마트폰을 무음, 무진동으로만 해놔도 충분히 하루에 1시간은 확보할 수 있다.

세상은 점점 생각하는 사람만이 살아남는 세상으로 변해가고 있다. 노동력이나 지식보다 작은 아이디어 하나가 국가를 먹여 살리는 시대이다. 끊임없이 생각하고, 방법을 모색하며, 자신의 미래를 상상하고 예측할 수 있는 사람만이 살아남는 세상이 된 것이다. 그렇다면 생각하고 상상하는 힘은 어디서 찾을 수 있을까? 바로 책에서 그 힘을 찾을 수 있다. 독서를 통해서만 진짜 생각을 하며 살아갈 수 있기 때문이다.

나의 20대 시절은 정말 치열하고 열심히 살았던 거 같다. 하루 종일 바쁘게 보냈지만 정작 내 마음에는 아무것도 남는 것 없는 공허함뿐이었다. 꿈도 목표도 없이 그냥 분주하게만 살아간 것이다. 열심히는 산 거 같은데 지나온 시절들이 모두 허무하게만 느껴졌다. 나 나름대로는 생각을 하며 산다고 자부했지만 지금 와서 되돌아보면 그러한 것들이 전부 부정적인 생각들뿐이었고, 걱정으로 시작해 걱정으로 끝을 맺는 시간낭비의 생각들뿐이었다.

내 삶의 변화가 간절했다. 그래서 분주하고 바쁜 시간들을 뒤로한 채 누구도 방해하지 않는 이른 새벽에 책을 읽었다. 혼자만의 독서 시간을 가지면서 나는 비로소 생각하는 삶을 살게 되었다. 하루를 시작하기에 앞서 하루를 디자인하고 그려 보는 상상력을 키울 수 있게 되었고, 어떻게 사는 것이 내가 살고 싶은 삶인지 치열하게 고민하며 생각했다. 사는 게 너무나 바쁘고 분주하다면 의도적이라도 생각하는 시간을 만들어야 한다. 그렇지 않으면 그냥 세상이 하는 말에 휩쓸려 살아가는 수동적인 인간이 되기 때문이다.

'생각하는 대로 살지 않으면 사는 대로 생각하게 된다.' 리는 말처럼 내 삶에 안주하는 삶이 아닌 보다 나은 삶을 살기 위해서는 생각하며 살아야 하는 것이다.

삼성전자의 이건희 회장은 출근 안하기로 유명하다. 그는 '은둔의 경영인'으로 알려져 있으며 회사에 출근하는 날은 거의 없이 재택근무를 하며 혼자 시간 보내기를 즐겼다.

《이건희의 서재》책을 보면 잘 표현되어 있다.

"이건희 회장은 삼성 본관 28층에 있는 자신의 집무실에도 잘 나오지 않고 주로 한남동의 승지원에서 업무를 본다. 아니, 일한다기보다는 몇 시간이고 꼼짝 않고 생각에 잠긴다. 종종 초밥 서너 개만으로 하루를 버티며, 생각에 빠지면 48시간 동안 잠을 안 자기도 한다. 어딘가 어눌해 보이고, 말도 걸음걸이도 느리다. 표정에도 변화가 없다. 게다가 사람 이름을 못 외는 데는 천재적이다. 모습을 잘 드러내지 않고 과묵하며 사색을 즐긴다."

뿐만 아니라 마이크로소프트의 설립자 빌 게이츠는 1년에 2번은 자신의 별장에 들어가 생각만 하는 '생각 주간'을 보낸다고 한다. 식사도 간단히 샌드위치로 해결하며 생각에 집중하여 지금의 마이크로소

프트를 만들어 냈다.

이들 모두의 공통점은 생각과 상상의 힘을 모두 독서에서 얻었다는 것이다. 이처럼 독서를 하며 사색에 잠길 때 세상을 바꿀 만한 놀라운 아이디어가 무궁무진하게 떠 오른다.

독서하는 사람이 성공할 수밖에 없는 이유는 바로 책을 통해 변화의 기회를 얻기 때문이다. 책을 읽다보면 마인드의 변화가 생긴다. 나의 어둡고 실패의식으로 가득한 마인드를 밝고 성공의식으로 인도해주는 등대와도 같은 역할을 하는 것이 바로 책이다. 그러다 보면 자연스레 동기부여를 받아 나도 책의 저자처럼 살고 싶은 마음이 들어 보다 나은 삶을 향해 나아가는 것이다.

사회생활을 시작하며 드는 생각은 세상에는 너무나 대단한 사람들이 많이 있다, 라는 것과 나 자신이 너무나 부족하다는 것이다. 자꾸 세상 사람들과 비교하니 나의 모습이 점점 초라하다는 것을 느끼는 날들이 많았다. 아무 스펙도 없이 무기력한 나의 삶을 보며 혼자 하나님을 원망한 적도 여러 번 있었다. 하지만 책을 보는 날은 남과 비교하지 않고 어제의 나와 비교하게 된다. 책은 내 주변의 삶과 비교하느라 시간 낭비하지 않고 오직 지난날의 나와 비교하여 보다 나은 나로 성장하게 한다. 환경을 바라보지 않고 나 자신을 바라보게 하는 힘. 이것이 바로 독서의 힘이다.

그래서 하루에 1시간이라도 꾸준히 책을 읽는 것이 중요하다. 그렇지 않고는 자꾸 주변을 바라보게 되고 다른 이들과 비교하게 된다. 그러나 매일 1시간씩이라도 책을 읽는다면 변화되고지 히는 욕구기 자극되어 끊임없이 심장을 뛰게 하는 삶을 살게 된다. 지금 처해있는 삶에 안주하는 것이 아닌 내가 원하는 것을 하지 않으면 안 될 것 같은 강한 동기부여를 받게 된다. 독서하는 사람들이 성공하는 이유는 바로 자신의 일이나 삶을 대하는 태도가 이렇게 달라지기 때문이다. 변화를 받아들이지 못하면 무너지는 것은 한 순간이다. 내 삶을 변화시킬 수 있는 기회를 주는 하루 1시간 독서는 성공의 시작이면서 최소한의 노력이자 미래에 대한 투자이다.

옛말에 '빨리 가고 싶으면 혼자가고, 멀리 가고 싶으면 함께 가라'는 말이 있다. 나는 여기에 하나를 더 붙이고 싶다. '제대로 가고 싶다면 책과 함께 가라'

책이 인도해주는 길이라면 그 길은 믿고 가도 좋다. 성공하고 싶다면, 오늘보다 나은 내일을 살고 싶다면 하루에 1시간은 독서를 하며 생각하는 힘을 키워 나의 미래를 준비해야 한다. 독서는 모든 성공의 시작이다.

●

새벽독서가 하루를 지배하다

새벽 시간을 잘 활용하여 책을 읽는 사람들의 미래는
밝을 뿐 아니라 눈부시기까지 하다. 그러나 새벽을 본적 없는 사람들은
성공도 볼 수 없을뿐더러 하루하루가 고통이고 불행이다.

예번 페이건은 "하루 중 가장 먼저 하는 일이 가장 영향력이 큰일이
다. 왜냐하면 그것이 나머지 하루에 대한 당신의 마음가짐과 환경을
설정하기 때문이다."라고 말했다.

하루를 어떻게 시작하느냐에 따라 하루의 분위기가 달라지고 마음
가짐이 달라지는 것이다.

나는 새벽에 일어나 주로 클래식이나 팝송을 즐겨 듣는다. 잠을 쫓
아내는데 도움을 줄 뿐만 아니라 상쾌한 마음으로 하루를 시작할 수
있기 때문이다. 클래식은 천재 작곡가들이 곡을 만들었기에 내 머리가
개운해지는 것은 물론 새벽부터 천재들과 1대 1로 만나는 느낌이 매우
좋다.

특별히 나는 '요한 제바스티안 바흐'의 음악을 즐겨듣는다. 클래식

에 대해서는 문외한 이지만 바흐의 음악을 듣고 있으면 다양한 아이디어가 떠오르고, 무반주로 첼로로만 연주한 곡을 들을 때는 가슴이 벅차오르기까지 한다.

새벽에 들었던 바흐의 멜로디가 하루 종일 머릿속에서 끊이지 않을 때가 있다. 잘 알지는 못하지만 입으로 멜로디를 계속 흥얼거리게 된다. 그만큼 하루를 시작할 때 가장 먼저 한 것이 기억에서 오래 가기 때문이다.

독서도 이와 같다. 하루를 시작할 때 본 것이 하루를 지배한다. 하루를 어떠한 기분으로 시작했는지, 하루를 어떠한 생각으로 시작했는지가 하루 동안 입가에, 그리고 귓가에, 또는 머릿속에 계속해서 영향을 주는 것이다.

내 주변에 지각을 밥 먹듯이 하는 L이라는 친구가 있다. 이 친구는 약속을 지킨 날보다 어긴 날이 훨씬 많을 정도로 약속 면에서는 나에게 많은 실망을 주었다. 그런데 알고 보니 이 친구는 약속 시간만 늦는 것이 아니라 직장에도 거의 매번 늦는 다는 것이다. 지각이 습관이 된 것이었다. 성격은 굉장히 좋은 친구이지만 약속을 어기고 지각을 밥 먹듯이 하는 것이 늘 아쉬웠다. L군은 아침에 일어나면 입버릇처럼 가장 먼저 하는 말이 "아! 또 늦었다." 와 같은 후회와 탄식이라고 한다. 그냥 무심결에 한 말이지만 그는 그 말이 하루를 지배하는 것을 모르는 듯 했다. 하루를 시작할 때 가장 먼저 하는 말과 행동은 하루의 삶을 대변해 준다. 하루를 후회와 탄식으로 시작하는 사람들은 그의 직장에서의 삶도 늘 후회와 탄식의 연속일 것이고, 감사와 기쁨으로 시작하는 사람들에게는 어디서든 늘 삶의 활력이 넘치고 감사하게 되어 있다.

당신은 하루를 시작할 때에 어떠한 말과 어떠한 생각으로 시작하는가. 이것이 정말 중요하다. 하루를 시작할 때에 가장 먼저 하는 말, 가장 먼저 하는 행동이 하루의 방향키가 되기 때문이다. 만약 내가 잠에서 깬 후 실패한 마인드와 부정적인 생각으로 하루를 시작한다면 그하루는 어김없이 실패와 부정적인 하루가 될 것이다. 그러나 자신을컨트롤하여 하루를 시작하고 긍정적인 생각들로 잠에서 깨어난다면그 날 하루 역시 내가 이끄는 하루가 될 것이고, 긍정적인 생각들로 가득하게 될 것이다.

정말 당신의 삶이 변하기를 바란다면, 지금 당장 새로운 무엇인가시작하라. 그것이 무엇이 되었든 그러한 도전이 없으면 당신은 지금의삶을 절대 벗어날 수 없다. 지금 당장 다르게 생각하고, 다르게 살지않으면 고생은 고생대로 하고도 실패하는 인생, 후회하는 인생을 벗어날 수 없는 것이다. 평균적인 삶에 안주해서는 안 된다. 그리고 평균적인 생각에서도 어서 빨리 빠져 나와야 한다. 아침 출근 시간에 딱 맞춰 일어나면서 삶의 변화를 꿈꾸는 것은 어불성설이다. 조금씩이라도 빨리 일어나 삶의 변화를 맛보아야 한다. 하루에 10분씩이라도 좋다. 이렇게 조금씩 아침잠을 줄여가며 작은 성공들로 하루를 시작한다면 당신은 성공마인드로 가득한 삶을 살게 될 것이다.

새벽은 수많은 아이디어들이 샘솟는 시간이다. 새벽은 나의 뇌를 어떠한 구속도 받지 않고 완전히 자유롭게 '오픈' 할 수 있기에 평소에 생각하기 어려운 아이디어들이 떠오르곤 한다.

아이디어는 생각하는 힘 없이는 불가능하다. 지식과 경험이 물론 바탕이 되어 있어야 하지만 무엇보다 독서를 통해 사물을 넓게 보는 능력이 중요하다. 나무만 봐서는 절대 좋은 아이디어가 나올 수 없고, 전체 숲을 볼 줄 알아야 하는 것이다.

나는 직장에서나 교회에서 기획을 할 때 '아이디어맨' 으로 불린다. 이것은 내가 특별히 잘나서가 아니라 새벽에 떠다니는 아이디어들을 메모하고, 책을 통해 사물을 넓게 볼 수 있는 힘을 키웠기에 가능하다. 새벽을 깨워 하루를 시작하는 나는 큰 행사나 새로운 프로젝트에 들어갈 때에 항상 호출되어 높은 분들과 함께 어깨를 나란히 한다.

억지로 아이디어를 짜 낼 필요도 없다. 그냥 넓게 보고 멀리 보려고 하면 자연스럽게 나오는 것이다. 그러나 이러한 능력은 그냥 하루아침에 나오는 것이 절대 아니다. 오직 꾸준한 독서를 통해서만 가능하다.

직접 눈으로 보고, 몸으로 겪은 상황들은 아니지만 독서를 통해 위인의 삶을 살아보기도 하고, 지구 반대편에 살아가고 있는 사람들의 삶도 엿보며 나의 생각의 폭을 넓혀 나가는 것이다.

직장 생활에서도 하루 종일 끌려만 가는 사람들이 있다. 일은 죽어라고 하지만 그만큼의 성과를 내지 못하는 사람들, 혹은 상사의 눈을 피해 이리저리 시간만 때우려고 하는 사람들 말이다. 이것은 말 그대로 시간 낭비일 뿐, 자신의 인생을 지배하는 삶의 모습이 아니다. 하루를 지배하는 사람은 절대 생각 없이 일하지 않는다. 아무리 말단 직원이나 아르바이트생 일지라도 자신의 삶을 이끌어가며 신나게 살아간다.

이루고 싶은 꿈이 있고 미치도록 하고 싶은 일이 있다면 누가 시키지 않아도 새벽을 깨우게 된다. 그리고 삶의 목표가 있다면 책을 잡게 되어 있다. 현대그룹의 창업자인 고(故) 정주영 회장은 새벽 3시면 벌떡 일어나 창문을 열어젖히고 이렇게 말했다. "해야, 빨리 떠라. 제발 일하러 가자." 정 회장은 그날 할 일을 생각하면 너무나 즐겁고 흥분되어 해가 뜨기만을 기다렸던 것이다.

나 역시도 아무 꿈도 소망도 없을 때에는 아침에 일어나는 것이 너무나 힘이 들고 일찍 뜨는 해가 원망스러웠던 적이 있었다. 매일 아침에 일어나면 5분씩 수면시간을 연장하며 잠에서 해어나 오지 못했다. 일찍 일어나야 할 이유를 찾지 못했고, 해가 뜨는 것을 기다릴 만큼 간절한 일도 없었다. 그러다보니 하루하루가 절망감으로 가득했고, 길이 보이지 않는 막막한 가운데 자존감은 바닥을 벗어나지 못했다. 주변 사람들을 보면 하나 같이 뭘가 열심히 히는 듯 하고, 열정과 희망으로 가득한 모습이었는데 그들과 비교했을 때 늘 작아지는 내 모습이 그렇게 원망스러울 수가 없었다.

그래서 새벽을 깨워 나를 위한 혁명의 시간을 갖기로 마음먹었다. 마음이 간절하다보니 새벽을 깨우는 것이 그리 힘들지 않았고, 새벽 시간이 기다려지는 날들이 점점 늘어갔다. 그리고 무조건 새벽의 1시간은 독서를 하며 나의 삶의 방향을 찾기로 결심했다. 해도 그만 안 해도 그만인 것이 아닌 간절함으로 새벽을 깨운 것이다.

내가 어떤 사람인지, 나는 무엇을 잘하고 무엇을 좋아하는지 알고 싶어 계속해서 새벽에 독서를 해나갔다. 직장을 위한 삶이 아닌 나 자신만을 위한 삶을 독서를 통해 설계해나간 것이다.

이렇게 하여 나는 하루를 독서로 시작하는 것을 체질화 할 수 있었고, 새벽에 일어날 이유를 찾게 되어 지금까지 새벽의 삶을 이어가고 있다.

"아침을 지배하는 사람이 하루를 지배하고, 하루를 지배하는 사람이 인생을 지배한다." 라는 말이 있다. 이 말을 나는 이렇게 바꾸고 싶다.

"새벽에 책을 읽는 사람이 하루를 지배하고, 하루를 지배하는 사람이 인생을 지배한다."

새벽 시간을 잘 활용하여 책을 읽는 사람들의 미래는 밝을 뿐 아니라 눈부시기까지 하다. 그러나 새벽을 본적 없는 사람들은 성공도 볼수 없을뿐더러 하루하루가 고통이고 불행이다. 새벽을 깨우면 나의 삶이 깨어난다. 작은 습관 하나로 나의 인생이 달라지는 것이다.

지금까지 수많은 기회를 놓치고 감사보다는 불평불만으로 가득한 삶을 살았다면 지금 당장 새벽을 깨워 책을 읽어야 한다. 그러면 삶에 점령당하는 인생이 아닌 지배하는 삶으로 변하게 될 것이다.

새벽독서로 매일 조금씩 나아지고 있다

새벽에 읽는 책이 나를 변화시킨 것처럼 새벽독서는
지금의 삶이 힘들고 어려운 사람들에게 터닝 포인트가 되어 줄 것이다.
잠들어 있는 시간을 깨우면, 잠들어 있는 나의 꿈이 깨어난다.

이력서를 쓰다보면 나의 장점과 단점을 적는 칸이 있다. 장점을 적을 때에는 비록 낯부끄럽기는 하지만 비교적 술술 적힌다. 나의 장점은 전문적이지는 않지만 동영상 편집이 가능하다는 것과 어디서든 화목하게 하는 성격을 갖고 있음을 기입한다. 그리고 독서와 글 쓰는 것을 좋아하며 부지런하고 성실하다는 것도 빼먹지 않고 적는다. 그런데 문제는 단점을 적는 칸이다. 단점은 적어도 문제고 안적어도 문제이기 때문에 늘 고민이 된다. 그러나 빼먹지 않고 적는 것이 하나 있다. 그것은 바로 정리를 잘 못한다는 것이다.

어려서부터 정리 안하기로 유명했던 나였다. 어머니는 포기하신건지 아니면 지켜보시는 건지 나에게 정리 하라는 말씀을 단 한 번도 하신 적이 없다. 그러나 문제는 형이었다. 너무나도 깔끔한 형은 물건 하나만 위치를 달리 두어도 바로 눈치를 챌 정도였다. 그 정도로 본인 방 정리에 일가견이 있는 사람이다. 그래서 형은 늘 정리 안하고 살아가는 내게 가슴에 팍팍 꽂히는 잔소리를 한다. 형의 말을 들어보면 틀린 말이 하나도 없기에 나는 그런 이야기를 듣는 날이면 우선 보이는 곳만 치운다. 그러나 며칠 못가 다시 원상태로 쉽게 되돌아간다.

나는 새벽독서를 시작하고 점점 나의 주변을 정리하기 시작했다. 보다 정확하게 말하자면 무슨 일이든 나중으로 미루는 안 좋은 습관들이 없어지게 된 것이다. 뿐만 아니라 약속 시간도 철저히 지키게 되었다. 가끔가다가 어쩔 수 없이 늦게 되는 경우는 단 1분을 늦더라도 "1분 정도 늦어요."라고 문자를 보내는 것이 습관이 되었다. 새벽을 깨우기 전에는 늘 나 보다 남들에게 철저함을 강요했던 거 같다. 나도 많이 부족한데 늘 남들이 못하고, 실수하는 것에 대해 용납을 못했다. 그러나 새벽을 깨우고 많은 책들을 읽으면서 나의 생각은 달라졌다. 남들에게 철저함을 강요하는 것이 중요한 것이 아님을 깨닫게 된 것이다. 정말 중요한 것은 남에게 철저한 것이 아닌 나 자신에게 철저함을 강요해야 한다는 것이었다. 이처럼 늘 내 자신을 컨트롤하고 통제할 수 있는 사람이 더 많은 일들을 할 수 있다.

새벽에 일어나면 발전적이고 긍정적인 생각들이 아지랑이처럼 많이 떠오른다. 또한 새벽은 나의 지난 삶에 대해 반성할 수 있는 시간을 갖기에 가장 좋은 시간이다. 하루 종일 바쁘게만 살다보면 나에 대해서 객관적으로 생각 할 여력이 없고, 그저 하루하루 살아가기에 빠듯하기만 하다. 그러나 새벽을 깨우며 나 자신을 비쳐볼 때에 나의 부족한 면들을 발견하게 되고 고치려고 노력하게 된다.

책을 읽지 않는 사람들은 절대 자신의 잘못을 고칠 수 없다. 아니 자신의 잘못이 무엇인지조차 알지 못한다. 그저 남들의 잘못만 보일뿐 나의 잘못은 크게 보이지 않는다. 그러나 새벽에 책을 읽음으로서 나의 허물을 발견하고, 남의 티끌을 보는 것이 아닌 내 눈의 대들보를 보게 된다. 이처럼 점점 나아지는 나를 만들어 가는 것이다.

현대를 살아가는 사람들의 입에서 끊이지 않는 말이 있다. 그것은 바로 "바쁘다"라는 말이다. 초고속 사회를 살아가며 나날이 발전되어지고 윤택해져 가지만 결국에는 그러한 빠른 문화가 우리를 더 바쁘고 피곤하게 만드는 것이다. 그러나 새벽을 깨워 책을 읽으면 하루의 속도를 늦출 수 있다. 물론 마블(marvel)영화에 나오는 히어로들처럼 초능력을 갖게 되는 것은 아니다. 하지만 우리에게는 삶의 여유가 생겨 어떠한 상황에서도 '바쁘다' 라는 말이 나오기 전에 먼저 그 일을 해결할 방법을 찾고 결국 문제를 해결하게 되는 것이다.

세상의 최고로 바쁜 인물들은 전부 새벽을 깨워 책이나 신문을 먼저 잡는다. 어디를 가든 책을 손에서 떠나지 않게 한다. 미국의 16대 대통령인 링컨 역시 책벌레로 유명했다. 젊은 시절 링컨은 낮에는 일을 하고 밤에는 책과 씨름하는 주경야독의 생활을 했으며, 그에게 있어 새벽 시간은 책을 읽고 하루를 준비하는 소중한 시간이었다. 링컨의 변호사 초기 시절 함께 살았던 친구 조수아 스피드는 다음과 같은 말을 했다.

"자다가 새벽에 일어나 보면 종종 링컨은 그때에도 책을 읽고 있었다. 그는 정말 책을 너무나 사랑했다."

링컨은 '한 권의 책을 읽은 사람은 두 권의 책을 읽은 사람의 지도를 받게 되어 있다' 라는 명언을 항상 되새기며 독서에 힘을 다했다. 일을 하다가도 잠시 쉬는 시간이 있으면 주머니에서 책을 꺼내 읽을 정도였으며 그의 독서 습관은 먼 훗날 노예해방이라는 위대한 업적을 남기게 되었다.

그 바쁜 미국의 대통령 링컨도 끊임없이 책을 읽고 또 읽었다. 많은 사람들이 바빠서 책을 읽을 시간이 없다고 하지만 그것은 핑계에 지나지 않는다. 바쁘면 바쁠수록 더 새벽을 깨워 본인만의 시간을 만들어야 하고, 우선순위를 정하여 책을 읽어야 한다. 그렇지 않으면 당신의 바쁜 생활은 꼬리에 꼬리를 물어, 더욱 바쁘고 분주한 삶으로 이어지게 될 것이다.

교보문고에 갈 때면 늘 보는 문구이지만 볼 때마다 가슴을 울리는 문구가 있다.

"사람은 책을 만들고 책은 사람을 만든다."

교보문고의 창립자인 대산 신용호 선생이 한 말이다. 정말 단순한 말 같지만 이 말처럼 명쾌한 문구가 없다. 책은 사람의 가치를 만들고 인식을 전환해준다.

책을 많이 읽는 사람들의 공통점 중에 하나는 바로 남들과 차별화된 생각과 행동을 한다는 것이다. 획일적이고 보편화된 생각이 아닌 다양한 관점으로 사물과 상황들을 대하려고 한다. 또한 책을 읽는 사람은 자존감이 높고 정체성이 강하여 늘 목표를 갖고 자기계발에 힘쓰는 삶을 살아간다.

새벽을 깨워 책을 읽는 다는 것은 자신을 다스린다는 것이다. 자기 자신을 끊임없이 개발하고 발전시켜 전보다 나은 나를 만들어 가는 것이다. 내 환경과 주변에 잘난 사람들을 부러워하며 비교하는 것이 아닌 바로 어제의 나와 비교하는 삶을 살게 된다. 비교를 한다는 것은 나보다 못한 사람이 아닌 잘난 사람들과 비교하게 되는 것인데 그러다 보면 자존감이 낮아지고 점점 루저(loser)의 삶을 살게 된다. 그러나 늘 자기 자신과 비교하며 살아가는 사람은 하루하루가 신이 나고 보다 나은 나를 위해 끊임없이 발전하는 삶을 살게 된다.

새벽독서를 하면 잡념이 없어진다. 시작될 하루에 대해 먼저 앞서서 걱정하는 것이 아니라 하고 싶은 것들, 이루고 싶은 것들에 집중하게 된다. 이러한 꿈들로 가득한 새벽은 잡생각이 끼어들 틈이 없다. 오로지 나의 꿈들로 가득한 삶을 살게 되고, 그 꿈이 힘든 삶을 견디게 하고, 결국은 이길 수 있는 힘을 주는 것이다.

새벽을 깨우기 포기하는 사람들의 공통점은 가슴 뛰는 꿈이 없고 일찍 일어나도 하고 싶은 일이 없기 때문이다. 새벽에 일어나 하고 싶은 것이 있고, 읽고 싶은 책이 있다면 절대 새벽을 잠을 자는데 보내지 않는다. 그 누구보다 새벽이 기다려지고, 사람들 만나는 시간을 줄여가면서라도 새벽을 만나려 할 것이다.

내게 가장 힘들었던 때가 언제냐고 묻는다면 나는 재수 시절이라고 말한다. 그 때는 하루하루가 지옥이었다. 공부도 안 되고, 먹는 것도 다 토해버리고, 밖에 나가는 것이 끔찍이도 싫을 만큼 스트레스가 쌓여 대인기피증으로 이어졌다. 그러나 더욱 나를 힘들게 하는 것은 그러한 사실을 부모님께 말하지 못하고 나 혼자 꼭꼭 싸매고 살아가는 내 성격이 더욱 나를 힘들게 했다. 재수를 하는 것도 죄송한데 부모님께 걱정을 끼쳐드리는 것 같아 나는 절대 말을 하지 않고 내색도 하지 않았다.

그러다 이렇게 살다가는 정말 미쳐버릴 거 같아 새벽을 깨워 교회에 가게 되었고, 새벽독서를 시작하게 된 것이다. 하루하루가 그저 새벽의 힘으로 살았다 해도 과언이 아닐 만큼 나는 새벽에 읽는 책들이 나의 삶을 위로하고 이겨낼 수 있는 힘을 주었다. 밖에 나가 사람들을 만나기 어려웠던 그때는 유일하게 책만이 나의 친구가 되어 주었고, 나의 멘토가 되어 주었다. 그러면서 점점 나의 대인기피증은 사라져만 갔고, 차곡차곡 쌓여가는 책들처럼 나의 꿈에 대한 희망도 점점 쌓여져 갔다.

새벽에 읽는 책이 나를 변화시킨 것처럼 새벽독서는 지금의 삶이 힘들고 어려운 사람들에게 터닝 포인트가 되어 줄 것이다.

잠들어 있는 시간을 깨우면, 잠들어 있는 나의 꿈이 깨어난다.

책을 읽으면, 어제보다 나은 오늘을 만나게 될 것이다.

보다 나은 삶을 살고 싶고, 보다 성공하고 싶다면 지금 바로 새벽을 깨워 책을 펼쳐라!

책을 펼치는 순간 당신의 삶도 '활짝' 펼쳐질 것이다.

새벽독서는 취미독서가 아닌 생존독서이다

새벽은 누구에게나 주어지지만 누구나 가질 수 없는 시간이다.
새벽을 깨워 책을 읽기란 정말 나의 모든 것을 변화시키고 싶은 이들만 가능할지도 모른다.
그래서 나는 모든 이들에게 도전해 보라고 권하고 싶다.

주변 사람들을 보면 매일 매일 감사하며 살아가기보다 힘겹게 삶을 이어가는 사람들을 더 많이 만나게 된다.

"나는 왜 아직도 이 모양일까"

"도대체 직장은 언제까지 다녀야 하지"

"언제쯤 나도 돈 걱정 안하고 살 수 있을까"

감사하지 못하는 삶은 어디에서 비롯된 것일까? 나는 '비교의식'에서 모든 불행이 시작된다고 생각한다. 주변 사람들을 보면 다들 행복하게 사는 거 같고, 좋은 환경에서 일하는 거 같은데 왜 나만 이렇게 매일 매일이 바쁘고, 뼈 빠지게 일만 했는데도 모아 둔건 아무것도 없는지… 늘 이러한 비교의식에서 불행을 자초하게 된다.

그러나 나는 힘을 다해 불평을 하지 않으려 노력한다. 아니 정확하게 말하자면 불평을 할 수 없는 시스템에서 살아가고 있다.

나는 8년 동안 장애 학생들을 교육하는 일을 하고 있으며, 15년 동안 장애인들을 돕는 봉사활동을 이어가고 있다. 서의 매일같이 장애를 가진 이들과 함께 수업하고 돕다 보니 보람을 넘어 오히려 내가 배우는 것들이 더 많음을 느낀다. 나뿐만이 아니라 함께 봉사하는 이들 모두 입을 모아 하는 말이 있다.

"제게 있는 것을 주러 왔는데 오히려 제가 더 많이 받고 가는 거 같아요."

나는 장애를 가진 형제자매들을 위한 프로그램을 운영하고 있다. 장애를 가진 형제자매들은 남모를 상처와 아픔 가운데 살아가고 있기에 이러한 부분들을 조금이나마 해소 하고 함께 공감하며 위로하고 있다. 그러다 보니 장애학생들의 어머니들과 소통 할 기회가 종종 있는데 어머니들의 이야기를 들으면 정말 한편의 소설을 읽는 것보다 더 가슴 아픈 사연들이 끊임없이 흘러나온다. 하루는 장애 학생의 어머니인 K씨와 우연히 속 얘기를 하게 되었다.

K씨는 어린나이에 양쪽 부모님들의 반대에도 불구하고 결혼을 하게 되었다. 결혼을 하자마자 임신을 하게 되고, 아이를 낳게 되었는데 장애아가 세상으로 나오게 된 것이다. 그때 충격은 이루 말할 수 없고, 며칠 동안 밥도 못 먹고 눈물만 흘렸다. 남편은 집에 들어오면 장애가 있는 자식 때문에 스트레스를 받아 집에 들어오려고 하지 않고 새벽까

지 술을 마시고 늦게 들어오는 것이 일상이 된지 오래 되었다. 시어머니는 K씨 때문에 장애인이 우리 집안에 태어났다며 만날 때마나 혀를 차시곤 한다. 결국 시댁의 아무 도움도 받지 못하고 죽지 못해 사는 심정으로 자녀와 함께 생활을 지탱하게 되었다. K씨는 하루에도 수없이 자살충동을 느낄 정도로 심각한 우울증에 힘들어 한다.

K씨의 얘기를 직접 듣고 나 역시 얼마나 가슴이 아팠는지 모른다. 정말 살아도 사는 게 아니라는 말이 이러한 상황을 두고 하는 말이 아닐까 싶다. 그 당시 함께 눈물을 흘려주는 것 외에는 딱히 내가 해줄 수 있는 것이 없었다. 감정을 추스르고 헤어질 때 마침 내 가방에 있던 책 한권을 추천해드렸다. 이지선 작가의 《지선아, 사랑해》였다. 과연 어머니가 이 책을 읽을지 알 수 없었지만, 이 책을 통해 조금이나 위로가 되었으면 좋겠다는 마음에 책을 선물 했다.

얼마 뒤 우연히 K씨를 만나게 되었는데 어머니께서 하시는 말이

"선생님, 전에 추천해주신 책 모두 읽었어요. 사실 처음에는 아이를 돌보느라 읽을 시간이 없어서 책을 책상 위에만 올려놓고 있다가 아이가 잠자는 새벽에 일어나 책을 읽기 시작했어요. 너무나 큰 위로와 힘이 되어서 며칠 만에 전부 읽었답니다. 좋은 책 추천해주셔서 감사합니다."

그 후 어머니는 다른 책도 추천해 달라고 하셔서 몇 권을 더 추천해 줬다. 지금도 가끔 만나면 너무나 고마워하며 내게 이러한 말을 한다.

"책은 취미로만 읽는 줄 알았는데 그 책이 나를 살리고 내 아이를 살렸어요." 조금이라도 도움이 된 것에 하나님께 감사하였고 큰 보람을 느꼈다.

책은 누구에게는 취미가 될 수도 있지만 정말 삶에 간절함이 있는 이들에게는 생존독서가 된다. 책은 본인과 비슷한 어려움을 극복한 사람들의 이야기가 있고, 혹은 더 어려운 가운데서도 이겨내어 성공한 사람들의 이야기가 수없이 많다. 때문에 책은 삶의 희망이 없는 이들에게 희망이 되고 다시 살아갈 힘의 원동력이 된다.

위에 K씨처럼 새벽에 책을 읽는 다는 것은 정말 간절해야만 가능하다. 새벽에 책을 읽는 사람들은 취미로 독서를 하지 않는다. 정말 간절해야 꾸준히 새벽을 깨울 수 있는 것이고, 지금보다 나은 삶을 살기 위해 책을 읽게 되는 것이다. 지금의 삶에 안주하려는 사람은 새벽독서를 지속할 수 없다. 지금 삶이 힘들지 않다면 굳이 새벽에 일어나 책을 읽을 필요는 없다. 하지만 지금의 삶이 힘들고 너무나 바쁘고 분주하다면 새벽에 읽는 책은 취미독서가 아닌 생존독서로 나의 삶을 성공과 가까워지도록 하는 연결고리가 되어줄 것이다.

나 역시 새벽을 깨우기 시작한 것은 재수를 시작할 때쯤이었다. 그때는 정말 죽을 것만 같은 압박에 못 이겨 대인기피증으로 고생을 했다. 명절에 친척들이랑 함께 식사를 하면 바로 화장실로 달려가 토 할 정도로 가족 외에 그 누구와도 식사를 함께 하기 어려웠다. 정말 이렇게 살다가는 죽을 것만 같은 마음에 고민을 하기 시작했다.

'밖은 나가고 싶은데 사람들이랑 마주치지 않을 수 있는 방법이 없을까'

그래서 생각해 낸 것이 바로 새벽예배였다. 새벽은 사람들이 많이 없을뿐더러 마주친다하더라도 서로의 얼굴을 확인하지는 않을 거라고 생각했다. 그래서 새벽에 일찍 교회로 가서 예배가 다 마치고 사람들이 전부 빠지면 그때 집으로 돌아오기를 몇 달을 그렇게 보냈다. 감사하게도 그렇게 새벽을 깨우며 나의 대인기피증은 없어졌고, 덤으로 그때부터 지금까지 새벽을 깨울 수 있는 선물을 맛보게 되었다.

새벽은 누구에게나 주어지지만 누구나 가질 수 없는 시간이다. 새벽을 깨워 책을 읽기란 정말 나의 모든 것을 변화시키고 싶은 이들만 가능할지도 모른다. 그래서 나는 모든 이들에게 도전해 보라고 권하고 싶다. 지금의 삶에 만족하지 못하고, 보다 나은 삶을 꿈꾼다면 새벽독서를 통해 살아갈 힘을 얻고, 꿈 꿀 수 있는 에너지를 얻어야 한다. 처음에는 쉽지 않겠지만 새벽독서를 장착한다면 무섭게 성공의 추월차선으로 돌진할 수 있다.

나는 새벽이라 쓰고 간절함이라 읽는다. 또한 새벽독서라 쓰고 꿈과의 만남이라고 읽는다.

•

인생 최고의 투자는 새벽독서다

인생 최고의 투자는 새벽독서다. 자신이 가진 것이 없다면,
하루하루가 빠듯하다면, 내세울 것이 없다면 새벽독서에 투자하라.
새벽독서가 당신이 꾸는 꿈을 현실로 이끌 것이다.

"성공은 우연히 찾아오지 않고 준비된 사람에게 찾아온다."–존 워너메이커

돈 한 푼 들이지 않고 성공의 길을 가는 방법이 있다면 따를 의향이
있는가?

백화점 왕으로 불리는 존 워너메이커는 어린 시절부터 소위 '아침
형 인간'이었다. 아니 엄밀히 말하면 '새벽형 인간'에 더 가까웠다.
"일찍 일어나는 새가 벌레를 잡는다"는 서양 속담처럼, 그는 남들보다
일찍 일어나는 종달새형 생활 습관 덕분에 인생의 좋은 열매들을 많이
거두었다. 그는 새벽에 일어나 그날의 계획을 치밀하게 세웠고, 성경
을 포함한 폭넓은 독서를 좋아했다. 그는 15살 때부터 하루에 2시간
이상씩 독서하기로 결심 하고, 짬이 나거나 여행을 할 때에도 항상 책

을 손에서 놓지 않았다. 그는 말한다. "성공은 우연히 찾아오지 않고 준비된 사람에게 찾아온다."라고.

워너메이커는 늘 독서를 통해 성공을 준비했던 것이다. 책에는 사람이 살아가는데 도움이 될 만한 모든 내용들이 적혀져 있기에 워너메이커 역시 책을 통해 사업을 준비했다. 물론 워너메이커 역시 수많은 실패를 겪었지만, 다른 사람들처럼 포기하지 않는 것은 바로 독서광이었기에 가능했다. 책 속에는 실패를 극복한 사람들의 이야기들이 수없이 담겨 있다. 그러하기에 그는 수많은 실패에도 불구하고 끝까지 포기하지 않고 꿈을 향해 나아갈 수 있었다. 이것은 워너메이커 뿐 아니라 링컨, 처칠, 빌게이츠 등 세계적인 인물들의 공통점이다.

세상에 그 어떤 투자보다 가치 있는 투자는 바로 자신에게 투자하는 것이다. 자신에게 하는 투자는 배신하는 일도, 바람처럼 한 순간에 날아가 버리는 법도 없다. 나에게는 독서가 인생 최고의 투자였다. 그것이 나의 인생의 깊이와 방향을 결정하고 있음을 확신한다.

집안 형편이 넉넉하지 않아 4년 동안 아르바이트를 하며 번 돈으로 등록금을 내며 대학공부를 했다. 그 당시에는 하루하루가 막막하고 앞이 보이지 않는 삶의 연속이었다. 그러나 그 가운데서도 나는 책을 손에서 놓지 않았다. 아니 책까지 손에서 놓으면 나는 정말 아무 의미 없는 존재가 되는 듯해서 몸은 피곤하고 지치지만 더더욱 치열하게 새벽을 깨워 독서를 했다. 이렇게 새벽을 깨워 독서를 한 것이 나에게는 최고의 투자가 되어 그동안 내가 보지 못한 세상, 감히 꿈조차 꿔 보지 못한 세상들을 만났다. 내가 잘하고, 하고 싶은 일들을 이룰 상상만으로도 나는 미친 듯이 가슴이 뛰었다. 상상만으로도 나의 미래에 빨리 도달하고 싶다는 흥분을 감출 수 없었고 그러할수록 더욱 새벽독서를 이어가려 노력했다.

내 인생 최고의 투자는 새벽독서였다고 나는 자신 있게 말 할 수 있다. 책을 읽으면서 나는 비로소 내 삶의 주인공이 되어, 나의 삶을 디자인하는 꿈 디자이너가 될 수 있었다. 백지에 불과했던, 도대체 어떤 모습으로 살아가게 될지, 무엇을 위해 쓰임을 받을 수 있을지 알 수 없었던 내 안에 '나' 라는 모습을 발견하게 되었다. 내 삶의 불필요한 부분들은 지워나가며 보다 나다운 것들로 가득 채우게 된 것이다. 늘 남이 그려주는, 남이 원하는 삶만 쫓아 살다가 내 안에 나로 채워지니 나는 가슴이 터질 듯 한 느낌을 받았다. 미래에 '나' 라는 작품이 세상에 나왔을 때 많은 이들에게 영감을 주고 도전이 되어, 선한 영향력을 끼치고 세상에 꼭 필요한 사람이 되고자 나는 오늘도 부단히 노력하며 나를 담금질 한다.

새벽을 깨워 책을 읽는 다는 것은 상상 이상의 가치를 안겨준다. 1달 2달 3달이 지나 1년이 되고 2년이 되었을 때의 그 파급력은 어마어마해지는 것이다. 책을 읽음으로서의 성취감은 물론 새로운 변화를 두

려워하지 않게 되었고, 그러한 것들이 매일 나를 승리하는 삶으로 이끌었다. 적금에는 만기날짜가 정해져 있는데 만기가 되어도 탈수 있는 이자가 매우 한정적이고 아주 적다. 그러나 새벽을 깨워 책을 읽는 다는 것은 이루 말할 수 없는 엄청난 복리이자가 적용되는 것이다. 내가 하고 싶은 일들이 생기고 길이 보이기 시작하니 꿈을 향해 나아가는 속도가 빨라졌고, 내가 좋아하는 일을 하면서 삶의 영역을 점점 더 확장하고 있다. 내 삶의 최고의 복리이자가 적용되는 멋진 투자로 나는 매일매일 성공의 추월차선으로 돌진하는 심정이다.

내가 직접 꿈꾸는 삶을 살아가는 것은 참으로 행복한 일이다. 이른 새벽에 일어나 책을 읽고, 짬시간을 활용하여 책을 읽고, 퇴근길 지하철에서 또 책을 읽고, 이제는 이렇게 책을 쓰고 있으니 나의 삶은 더욱 풍성해졌다. 직장일이 아무리 바쁘고 힘이 들어도 전과 같이 지치거나 낙심하지 않는다. 책을 통해 나는 매일 꿈을 꾸고 매일 조금씩 나아지는 삶을 살고 있기 때문이다. 그래서 하루하루가 그렇게 행복하고 감사할 수 없다. 새벽독서는 내 인생의 최고로 멋진 투자이다.

주변 직장인들과 이야기를 해보면 꿈은 그냥 꿈으로만 생각하며 살아가는 사람들이 많다. 본인의 삶도 너무나 빠듯하여 꿈을 이루는 것은 물론 꿈을 꾸는 것조차 사치로 생각하는 사람들이 대부분이다. 그것은 생각할 시간이 없기 때문이다. 남들이 만들어주는 생각이 아닌 정말 본인의 생각을 해야 하는데 세상은 생각할 시간을 허락하지 않는다. 생각을 허락하는 것은 오로지 책뿐이다.

아무리 자주 읊조려도 나를 가슴 뛰게 하는 말이 있다.

'생각한대로 살지 않으면, 사는 대로 생각하게 된다.'

나는 이 말을 항상 가슴에 품고 살아간다. 생각한대로 살아가려면 독서를 통해 생각의 힘을 키워야 한다. 본인은 생각을 하고 있다고 말하지만 그것은 세상에 갇힌 생각인 것을 많은 이들이 알지 못한다. 정말 본인의 생각을 하고 생각한대로 살기 위해서는 책을 읽음으로서 내 자신에게 투자하여 생각의 힘을 키워야 한다. 그렇지 않으면 세상에서 하는 말들이 정말 옳은 줄 알고 따라가는 것이다.

평범할수록 더 치열하게 새벽을 깨워 책을 읽어야 한다. 직장은 그저 월급을 주는 곳이 아니라 자신의 평범함을 비범함으로 둔갑시켜줄 꿈의 무대다.

직장생활 초기에는 나 역시 쉬는 날과 월급날만 바라보며 살았다. 그저 끼니를 바라며 일만 하는 노예의 삶과 별반 다를 게 없는 것이었다. 이것이 현대 직장인의 슬픈 현실이다. 갈수록 취업의 벽은 높아지고, 언론은 계속해서 경기가 어려워질 거라고 현대인들을 위협한다. 그러한 것들을 견딘다 해도 노후 문제와 은퇴 후 삶에 대해 끊임없이 고민해야 되는 것이 지금의 가슴 아픈 자화상이다.

대부분의 직장인들은 판에 박힌 말처럼 그저 정년까지 잘 버티다가

은퇴 후 퇴직금으로 막연히 치킨 집과 같은 자기 사업을 해야겠다는 생각을 한다. 아니면 귀농하여 텃밭을 일구며 평안하고 안락한 삶을 꿈꾸고 있을지도 모른다. 그러한 삶이 안 좋은 것은 아니지만 다른 사람이 생각하는 대로 똑같이 생각하고 행동하면 딱 그만큼만 살게 된다. 어떻게 하면 가슴 뛰는 삶을 살고 자아실현을 하며 오랫동안 나답게 살 수 있을까. 우리는 한 발 앞서서 생각해야 한다.

새벽을 깨워 그 시간을 독서에 투자하면 평범한 자신을 비범한 존재로 변화시켜준다. 책을 통해 자신의 꿈을 찾아가는 이들은 보다 여유가 생기고 사소한 일에 크게 얽매이지 않으며 출퇴근 시간이 전보다 더욱 활기에 넘치게 된다.

'이놈의 직장 조만간 때려치워야지' 하며 직장을 다니는 사람과 '직장은 내 꿈을 이룰 수 있는 꿈의 무대'라고 생각하며 사는 사람은 큰 차이를 낳게 된다. 새벽독서를 하는 이들은 언제나 지금의 직장을 나의 꿈을 준비하고 미래를 위해 투자하는 공간으로 여기며 살아가기에 절대 헛되이 시간을 보내지 않게 되는 것이다.

나의 삶은 책이 이끌어 갔다. 책에 투자하여 수많은 사람들의 삶을 간접경험 했고, 책을 통해 수많은 장소들을 마음껏 여행할 수 있었다. 뿐만 아니라 평생 꿈만 꾸다 살아갈 인생을 '작가'라는 꿈을 이루며 살아가는 인생으로 변화시켰다.

현재 나는 꿈 너머 꿈을 꾸고 있다. 작가의 삶을 넘어 1인 창업, 강연가, 코치가 되는 것을 꿈꾸고 있다. 꿈을 계속해서 꾸기 위해서는 옆에서 끊임없이 나를 응원하고 동기부여 해주는 이가 있어야 한다. 나는 그것을 '새벽독서'라고 한다.

인생 최고의 투자는 새벽독서다. 자신이 가진 것이 없다면, 하루하루가 빠듯하다면, 내세울 것이 없다면 새벽독서에 투자하라. 새벽독서가 당신이 꾸는 꿈을 현실로 이끌 것이다.

새벽에 읽은 책이 나의 미래를 결정한다

사람은 현재까지 읽은 책들의 합으로 만들어진다고 해도
과언이 아니다. 한 권을 읽은 사람은 한 조각의 세상밖에 알지 못하는 것이고,
두 권을 읽은 사람은 두 조각의 세상을 알게 되는 것이다.

누구나 자신의 미래에 대해 많은 고민을 한다. 나는 어릴 적 마음만
먹으면 대통령이라도 쉽게 될 수 있을 줄 알았다. 그러나 나이가 들고
세월의 무게를 견디며 점점 현실에 맞게 생각하게 되고, 나의 자존감
은 점점 바닥까지 내려가게 되었다. 어릴 적은 서울대나 연·고대는
쉽게 들어갈 수 있을 거 같았지만, 중학교를 거쳐 고등학교에 올라가
니 in서울은커녕 수도권에 있는 대학이라도 들어가는 게 목표가 되었
다. 뿐만 아니라 대학을 졸업하면 당연히 좋은 곳에 취업하여 커피한
잔으로 시작하는 여유 있는 직장생활을 꿈꾸고 있었으나 하루하루가
꿈은커녕 전쟁터와 같은 삶을 살게 된 것이다. 이렇게 사람은 삶을 살
아가며 점점 현실에 부딪쳐 자신의 미래를 점점 낮게 측정하는 경향이
있다. 그러나 책을 읽는 사람은 다르다. 책은 끊임없이 우리에게 더 큰

꿈을 꾸게 하며, 외적인 나이는 들어도 내적인 나이는 더 젊어지게 한다.

중요한 것은 그러한 꿈을 지속적으로 생생하게 꾸어야 현실이 된다는 것이다. 그러나 직장인들에게는 현실이 너무나 치열하고 하루하루가 전쟁터 같아서 꿈을 지속적으로 꾸는 것이 어렵다. 바쁜 일상 속에서도 생생하게 꿈을 그릴 수 있도록 도와주는 것이 있다. 그것은 바로 책이다. 바쁜 직장인일수록 매일 일관되게 책을 읽으며 확신의 꿈을 생생하게 꾸어야 한다. 그래서 반드시 책은 매일 읽는 것이 좋다. 드문드문 책을 읽는 다면, 그것은 드문드문 운동 하는 것과 같다. 시간이 날 때는 운동을 하고, 시간이 없을 때는 운동을 안 한다면 그것은 기대만큼의 멋진 몸을 얻기 어려울 것이다. 책도 시간이 날 때만 읽는 것이 아니라, 없는 시간이라도 내서 책을 읽어야 한다. 그래서 나는 새벽을 강력하게 추천한다. 새벽 시간만큼은 그 누구에게도 터치를 받지 않고, 새벽 시간만 잘 활용한다면 미래를 준비하기 위한 독서시간은 충분히 확보가 가능하기 때문이다.

나는 새벽에 책을 읽는 것이 마치 손에 굳은살이 박힌 것처럼 나의 하루에 고정적인 시간이 되었다. 하루는 퇴근이 늦어 자정이 넘어서 잠이 든 적도 종종 있지만 새벽에 일어나는 것은 거의 빼먹은 적이 없다. 그것은 그만큼 새벽에 대한 가치를 잘 알기 때문이고, 무엇보다 이제는 몸이 먼저 알고 나를 깨운다. 물론 여기까지 오기에는 수많은 시행착오와 실패들이 있었지만, 그것은 하나의 밑거름이 되었을 뿐 절대 실패라고 생각하지 않는다. 수많은 시행착오를 겪으면 겪을수록 나에게 맞는 최적화된 시간과 환경을 구축할 수 있기 때문이다. 새벽을 깨우기 실패했다고 거기서 주저앉지 마라. 실패가 아닌 과정일 뿐이다.

　우리의 삶은 가장 많은 시간을 함께 보내고 있는 사람들 다섯 명의 평균에 수렴한다는 이야기가 있다. 내 주변에 게으르고 불평불만으로 가득한 사람들이 있다면 나 역시 그 사람들과 크게 다르지 않을 것이다. 그래서 우리는 주변에 좋은 영향을 받을 수 있는 사람들을 곁에 두는 것이 매우 중요하다. 그러한 사람이 주변에 있는가? 아마 대부분 찾기 어려울 것이다. 그러나 걱정 할 것 없다. 당신 주변에는 충분히 긍정적이고 좋은 영향력을 끼쳐줄 만한 좋은 친구가 항상 대기하고 있다. 그것 역시 책이다. 책은 나의 잘못된 삶을 되돌아볼 수 있도록 돕고, 보다 나은 삶을 살아가기 위해 계속해서 좋은 조언을 해준다. 그래서 나는 이렇게 말하고 싶다.

　'가장 많은 시간을 함께 보내고 있는 책 다섯 권이 당신의 평균에 수렴한다.' 라고.

　그래서 나는 늘 가방 속에 책 1~2권을 들고 다닌다. 어느 상황에서도 부담 없이 쉽게 읽을 수 있는 책 한 권과 집중을 필요로 하는 책 한 권이다. 짬시간을 활용할 때가 있고, 누군가를 기다리거나 생각지도 못한 휴식시간이 주어질 때가 있다. 그러할 때를 대비하여 나는 늘 가방에 책 두 권 정도는 항상 들고 다닌다. 이렇게 책을 읽다보면 매일같이 나를 성장시키는 느낌을 받는다. '의식이 전부다.' 라는 말처럼 책은 나의 모든 의식들을 성장시키도록 돕는다.

주변을 보면 쓸데없이 걱정과 불안으로 살아가는 사람을 만나게 된다. 내가 봤을 때는 정말 불필요한 걱정임에도 줄기차게 걱정을 이어가는 사람이 있다. 이러한 사람들은 대게 책을 가까이 하지 않는다. 그리고 야행성이라는 특징이 있다. 늦은 밤으로 가면 갈수록 사람의 감수성이 높아지기에 걱정과 불안이 자신을 지배하게 되고, 심지어는 우울증 까지 걸리게 되는 것이다. 그러나 새벽을 깨워 책을 읽으면 절대 그럴 일이 없다. 새벽은 미래를 보장해 준다. 늘 긍정적이고 활기찬 에너지가 새벽을 깨운 사람들 주위를 감싸게 되는 것이다. 그리고 책은 생각하는 힘을 길러주기에 어떠한 상황에서도 부정적인 생각을 갖지 않고, 문제를 해결하는 방법이나 어려운 상황에서도 감사한 일들을 찾게 되는 것이다.

나 역시도 직장에서 많은 사람들과 여러 가지 문제를 두고 회의를 진행하는 경우가 종종 생긴다. 그러나 많은 사람들은 그 문제만을 두고 이것도 안 되고 저것도 안 된다며 신세 한탄만을 늘어놓으며 한숨을 푹푹 쉬는 사람이 있다. 그러나 새벽독서를 하는 나는 어떠한 문제를 만나도 그 문제를 보기보다 해결책과 개선점을 먼저 찾으려 노력한다. 그래서 주변에 많은 사람들이 나에게 질문을 하거나 컨설팅을 받는 이유가 여기에 있다.

대부분의 사람들은 문제를 크게 보지만 나는 그 가운데 더 큰 그림을 보는 것이다. 이것은 하루 이틀 만에 길러질 수 있는 능력이 아니다. 꾸준히 독서를 통해 길러진 생각하는 힘이 바탕이 되어야만 가능하다.

생각하는 힘이 길러진다면 지금 당장이 아닌 먼 미래를 그려볼 수 있다. 지금 당장은 내 삶이 어렵더라도 1년 후, 3년 후, 5년 후를 생생하게 그리며 나아가야 한다. 책이라는 과거를 통해 나의 미래를 조명해 보고, 시행착오를 줄이며 앞으로 나아갈 수 있기에 책을 읽은 사람만이 크고, 빠르게 성공할 수 있다.

새벽을 깨우기 어려워하는 사람들의 공통점은 그 만큼 자신이 새벽을 깨울 이유를 찾지 못했기 때문이다. 많은 사람들과 얘기를 해보면 새벽이 좋은 것은 알지만 깨우지 못하는 이유를 "도저히 시간 내기가 어려워요.", "너무 피곤해요."라는 핑계가 거의 대표적이다. 나의 많은 것들을 포기하고 새벽을 깨워 책을 읽는다는 것은 강력한 삶의 목표 없이는 사실 불가능하다.

나 역시 작년 너무나 바쁘고 결핵으로 고생을 하지 않았다면 이렇게까지 새벽을 깨워 독서를 시작하지 않았을 것이다. 그러나 그때는 나만의 시간을 갖는 것이 너무나 간절하여 새벽을 깨우기 시작했고, 미래를 위해 책을 읽기 시작한 것이다. 나 역시 아직도 새벽을 깨우는 것이 만만하지는 않다. 새벽을 오랫동안 깨우면 이것이 점점 습관이 되어 정해진 시간에 바로 바로 일어나는 줄 알지만 그렇지 않을 때가 더 많다. 하루는 새벽에 일어났는데 몸이 움직이지 않을 때가 있었다. 그럴 때는 우선 침대 밖으로 탈출하는 것이 가장 급선무다. 우선 침대 밖으로 빠져 나왔으면 거실로 자리를 옮겨야 한다. 편안함 또는 익숙함과의 거리를 두는 것이 중요하기 때문이다. 때로는 너무 힘이 들어 울면서 기어 나온 적도 있다. 그러나 이러한 과정은 너무나 당연한 것이다. 고통 없이 얻어지는 것은 없기 때문이다. 그 다음에는 무조건 책을 꺼내 든다. 그리고 최대한 책과 가까울 수 있도록 노력하는 것이다. 그리고 거실을 걸어 다니며 책을 읽는다. 자리에 앉아 책을 읽는 것보다는 훨씬 집중이 잘 되고, 무엇보다 걸으며 책을 보면 잠을 깨우기에 아주 좋은 효과가 있다. 새벽에 일어나서 책을 보는 것을 알고 굳이 그렇게까지 해야 하겠냐며 말리는 사람도 있지만, 나는 새벽을 깨워 독서하는 것이 너무도 귀하고 가치 있음을 알기에 지속할 수밖에 없다.

사람은 현재까지 읽은 책들의 합으로 만들어진다고 해도 과언이 아니다. 한 권을 읽은 사람은 한 조각의 세상밖에 알지 못하는 것이고, 두 권을 읽은 사람은 두 조각의 세상을 알게 되는 것이다. 그러므로 우리는 많은 책들을 통해 나의 미래의 퍼즐을 완성해나가야 한다. 당신의 미래는 지금 쌓고 있는 스펙이 아니라, 읽은 책들이 당신의 미래를 만들어 가는 것이다. 당신의 미래가 아직 불투명 하다면 새벽독서가 당신의 미래를 투명하게 해줄 것이다.

─┤ 07 ├─

•

새벽에 하는 리딩이 인생을 리드하다

아직도 남이 이끌어 주기만을 바라고 있는가.
아직도 눈에 보이는 것만 소망하고 있는가.
그렇다면 새벽에 하는 리딩을 통해 인생을 리드하기 바란다.

20대에 이사, 30대에 사장, 40대에 회장의 성공 신화를 창출한 이명박 전(前)대통령은 어릴 때부터 새벽 독서습관이 몸에 깊숙이 배어 있는 전형적인 새벽형 인간이다. 새벽기도를 빠뜨리지 않는 어머니 덕분에 온 가족이 매일 새벽4시면 어김없이 일어나 기도를 드리는 것으로 하루일과를 시작했다고 한다. 그것이 습관이 되어 이명박 전 대통령은 지금도 새벽에 일어나 독서를 한다. 우리나라뿐만 아니라 미국의 조지 워싱턴, 링컨, 시어도어 루스벨트, 아이젠하워, 지미 카터, 로널드 레이건 등 국민들에게 사랑과 존중을 받았던 대통령 역시 대부분 새벽을 깨워 독서로 하루를 시작했다. 대통령뿐이겠는가. 세계적인 기업가, CEO, 사업가 등 대부분의 영향력 있는 사람들은 전부 새벽을 깨워 독서를 한다. 바쁘면 바쁠수록 더욱 치열하게 새벽을 깨워 책을 읽는다. 시간이 돈보다 더 중요한 이들은 독서의 가치를 알기에 잠을 포기하면서 까지 책을 읽어 자신을 끊임없이 성장시키는 것이다.

현재 사회에서는 '트랜드' 가 매우 중요하다. 어떤 흐름으로 이끌어 갈 것인지, 어떤 것이 유행하고 어떤 방향이 이슈가 될 것인지, 동향과 추세를 파악하는 것이야 말로 현대의 삶을 살아가는데 매우 중요한 역할을 한다. 유행은 돌고 돈다는 말이 있듯이 트랜드도 계속해서 변하고 또 변한다. 예전에는 그렇게 촌스럽게 생각했던 나팔바지가 다시 유행을 하기도 하고, 유행이 지났다며 서랍 깊숙이 넣어두었던 링 귀고리가 다시 핫 아이템이 되어 많은 여성들을 매료시키고 있다. 책도 트랜드가 있다. 요즘엔 전문서적 보다는 자신의 이야기를 담은 스토리 책들이 더욱 많은 사람들에게 사랑을 받으며 베스트셀러로 올라가 있다.

전문가들이야 다음에 유행할 것들을 미리 예측하고 준비할 수 있지만 평범한 우리야 늘 유행에 뒤따라만 가게 된다. 우리는 이러한 것에 익숙해져 삶의 곳곳에 뒤따라가는 습관이 몸에 배어있다. 누가 좋다고 하면 전부 따라가고, 몸에 좋다고 하면 무리해서라도 사먹으려 하는 모습이 특별히 우리나라 대한민국에 깊숙이 자리하고 있다. 뉴스를 통해 대한민국과 북한의 사이가 예민해지거나 전쟁의 기운이 느껴지면 근처 슈퍼의 모든 생필품들이 바닥이 날 만큼 사재기를 해두는 그러한 삶을 살고 있는 것이다. 본인의 생각보다 남들이 하는 이야기에 맹목적으로 따라가는 삶 말이다.

그러나 우리는 남들에게 끌려가는 삶이 아닌 내가 이끄는 삶을 살아야 한다. 남들이 잡아 놓은 물고기를 먹는 것이 아닌 내가 스스로 물고기를 잡으며 성장해야 한다.

우리나라는 아직도 대부분의 학생들이 부모님들이 차려놓은 밥상만을 먹으려고 하는 것이 너무나 당연한 문화가 되어 있다.

"너는 들어가 공부만 해. 나머지는 엄마가 다 알아서 할 테니."

이렇게 자녀들에게는 공부만을 강요하고 다른 건 부모들이 알아서 다 해주는 시대가 되었다. 하루는 직장에 문의전화가 왔다. 내가 직접 받은 것은 아니었지만 내용은 이랬다. 한 아이는 학교에서 봉사활동 점수가 있어야 좋은 대학에 갈 수 있다고 한다. 그 아이를 자녀로 둔 어머니가 자신의 아이는 학원가야 해서 봉사할 시간이 없다며 자신이 더 열심히 봉사 할 테니 우리 아이가 한 것처럼 이름을 바꿔서 봉사점수를 달라는 것이었다. 전화를 받은 직원도 어이가 없는지 쓴 웃음만을 지었다. 그런데 이것이 현실이다. 현대 대한민국 부모들은 자기 자식이 좋은 대학에 들어갈 수만 있다면 물불을 가리지 않고 돕는다. 지금 당장이야 잘 자라는 것 같지만 온실 속에서만 자란 화초처럼 이러한 아이들이 세상에 나오는 순간 당장 얼어 죽거나 말라죽거나 둘 중에 하나가 되는 것이다. 부모가 해주는 밥만 떠먹던 아이는 결국 자라서도 스스로는 아무것도 할 수 없는 삶을 살아가게 된다. 입시에 실패했다고 자살을 생각하는 이들이 점점 많아지고, 작은 실패가 찾아와도 금방 한순간에 무너지고 마는 것이다. 본인이 전부터 조금씩이라도 실패를 경험 했다면 이렇게 한 순간에 무너지는 일은 없을 것이다.

본인이 아르바이트를 해서 용돈이나 자신의 학비를 직접 벌어보며 다양한 시행착오를 겪어 보는 것이 성장 하는데 도움이 된다. 그러나 우리는 바쁜 현대를 살아가며 이러한 다양한 경험을 하는 것이 점점 어려워진다. 다양한 경험들이야 유한하지만 우리의 삶은 무한하기에 다양한 경험을 하는 것이 쉽지 않다. 그러나 방법은 있다. 바로 새벽독서이다.

새벽독서는 인생을 리드한다. 남들을 따라가는 삶이 아닌 이끄는 삶이 되는 것이다. 수많은 간접 경험을 통해 다양한 사람들을 만나게 되고 수많은 상황들에 놓이게 된다. 그러면 자신도 모르게 내공들이 내 안에 쌓이는 것이다. 자신 안에 내공이 있으면 절대 남의 이야기에 쉽게 휩쓸리거나, 빠져들지 않는다. 자신만의 생각할 힘으로 판단하여 결정하게 되는 것이다.

직장 생활을 하다보면 그저 부장의 생각이 옳다며 그것만을 따라가는 경우가 종종 있다. 그러나 그것은 결국 평생 맹목적으로 쫓아가다가 결국에는 종이짝 처럼 버려지게 되는 것이다. 자신만의 아이디어가 있지 않으면 그 회사에서 오래 가기 어렵다. 이것은 자리가 높고 낮고의 문제가 아니다. 회사뿐만 아니라, 공동체 생활을 하던, 개인 생활을 하던 반드시 필요한 필수 요소이다. 하다못해 라면을 끓일 때에도 자신만의 방법을 찾아야 하고, 작은 분식점을 하더라도 자신의 아이디어가 있어야 한다.

하루는 아는 사람들과 함께 미사리에 있는 유명한 카페를 찾아 갔다. 그런데 찾아간 곳은 특별히 인테리어가 좋거나 맛이 특별하지 않음에도 이상하게 손님들이 끊이지 않고 많았다. 이유는 무엇일까? 이유는 오직 한가지였다. 그것은 바로 음료가 담겨 있는 컵이 너무나 예뻤기 때문이다. 컵이 예쁜 거랑 사람이 많이 이곳을 찾는 이유랑 무슨 상관이 있는 것일까? 블로그나 페이스북 같은 sns를 사용하는 이들은 금방 알 수 있다. 바로 사진을 찍기 위해서다. 요즘엔 사진이 예쁘게 나온다면 맛은 그리 중요하지 않다. 그러한 심리를 활용하여 오픈한 이 카페는 언제나 호황을 누리고 있다.

아이디어 하나가 이러한 수많은 손님을 끌어들이듯 새벽독서는 내가 끌려가는 삶이 아닌 끌어들이는 삶이 되는 것이다. 새벽독서는 수많은 아이디어들을 떠오르게 할 뿐만 아니라, 사람들을 마치 자석처럼 나에게 끌려오도록 하는 놀라운 마력의 습관이다.

대부분의 사람들은 눈에 보이는 것만을 믿으려 한다. 눈에 보이는 것이 전부인줄 알고 살아가며, 눈에 보이는 것만을 쫓아 살아가는 것이다. 그러나 결국 눈에 보이는 것은 세상의 흐름에 따라, 혹은 트랜드에 따라 금방 변하게 되어 있다. 내가 어느 정도 쫓아간 거 같지만 벌써 저만큼 또 달아나 있는 것이다. 그래서 평생 눈에 보이는 것을 쫓아가다가 세상을 마감하게 된다.

그러나 눈에 보이지 않는 것을 쫓는 이들이 있다. 빌 게이츠가 그랬고, 스티브 잡스가 그랬고, 오프라 윈프리가 그랬듯이 지금 당장은 눈에 보이지 않지만 더 큰 꿈과 목표를 향해 나아갈 때 눈에 보이지 않는 비전을 붙잡을 수 있었던 것이다.

새벽을 깨워 독서를 하는 이들은 눈에 보이지 않는 것을 볼 수 있다. 그러한 것을 바로 '비전'이라고 하는 것이다. 비전을 갖고 살아가는 사람들은 쉽게 지치지 않는다. 왜냐하면 눈으로는 보이지 않지만 꿈을 통해 생생하게 볼 수 있기 때문이다.

아직도 남이 이끌어 주기만을 바라고 있는가. 아직도 눈에 보이는 것만 소망하고 있는가. 그렇다면 새벽에 하는 리딩을 통해 인생을 리드하기 바란다.

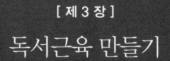

[제 3 장]

독서근육 만들기

"

책장에 쌓인 책이 나를 성공의 생각들로
가득 차게 해줄 것이다. 주말이 되면 밀린 잠을 충전하지 말고 책장에
책으로 충전하라. 책이 한 권 한 권 쌓일 때마다 당신의 꿈과 의식이
성장하는 것을 느낄 수 있을 것이다.

"

●

작심삼일로 승부하라

책이 인도해주는 길이라면 그 길은 믿고 가도 좋다.
성공하고 싶다면, 오늘보다 나은 내일을 살고 싶다면 하루에 1시간은 독서를 하며
생각하는 힘을 키워 나의 미래를 준비해야 한다.

사람들은 책을 읽는 것에 대해 부담감을 가지고 겁부터 먹는 이가
많다.

"나는 책을 읽을 시간이 없어, 그리고 읽는다고 해도 금방 포기하고
말텐데 뭘…"

"책을 읽다가 포기한 적이 한 두 번 이 아니야. 그럴 바에야 그 시간
에 게임으로 스트레스나 풀겠어."

이들의 공통점은 본인들이 포기 할 것을 미리 알고 시도조차 하지
않는다는 것이다. 시도조차 하지 않는 것은 기회조차 찾아오지 않는
다. 한두 번 실패했다고 실패감에 빠져 또다시 도전하는 것을 겁내한
다면 그것만큼 어리석은 것은 없다.

지금 시도하지 않으면 나의 가능성은 0퍼센트이지만 우선 시도를

시작하면 내 가능성은 그때부터 1퍼센트 이상이 되는 것이다. 0으로는 아무 성과도 만들어낼 수 없지만 1이 되는 순간 당신이 오랫동안 꿈꿔왔던 모든 것이 현실로 만들어질 것이다.

23세에 사업 실패

24세에 주 의회 의원에 낙선

25세에 사업 실패

30세에 의회 의장직 낙선

32세에 대통령 선거위원 낙선

36세에 하원의원 공천 탈락

47세에 상원의원 낙선

48세에 부통령 낙선

50세에 상원의원 낙선 …

이력만 보면 이는 실패한 인생을 산 사람이다. 그러나 그 누구도 그를 실패한 사람이라고 기억하지 않는다. 세상은 그를 미국의 16대 대통령 에이브러햄 링컨으로 기억한다. 만약에 링컨이 실패를 하고 낙선을 했을 때 그 삶에 안주하며 '나는 안 되나봐. 역시 나랑 안 맞나봐'라고 생각하고 거기서 포기 했다면 과연 노예 해방이 가능했을까 생각해 보라. 세상의 위대한 업적을 남긴 인물들은 하나같이 실패를 밥 먹듯이 한 사람들이다. 에디슨이 그랬고, 아인슈타인, 노벨 등 대부분의 위인들은 실패를 하지 않은 사람이 아니라 실패를 극복하고 이겨낸 사람들이 위인이 되는 것이다.

나 역시 비록 나이는 젊지만 수많은 실패를 경험했다.

대입 실패, 재수 실패, 삼수 실패, 편입 20번 이상 실패, 사업 실패, 결혼 무산, 취업 실패… 물론 나 역시 사람이기에 이러한 실패를 경험하며 여러 번 낙심하고 좌절했던 것이 한 두 번이 아니다. 심지어 자살까지 하려고 옥상으로 올라간 적도 있으니 말이다. 그런데 나는 이러한 것들이 오히려 나에게 힘겨운 세상을 살아가는데 자양분이 되었고, 어떠한 어려움에도 감사하고 실패를 즐길 수 있는 내공이 생겼다. 나의 실패가 스펙이 된 것이다. 내게는 아무 것도 자랑할 것이 없지만 그러한 무(無)스펙이 내 스펙이 된 것이다.

내가 재수를 실패하고 삼수마저 실패 했을 때 가장 큰 위로를 준 사람이 있다. 바로 내가 출석하고 있는 교회의 K목사님이시다. 그분은 사실 내가 삼수를 실패한 것조차 모른다. 그런데 어떻게 나를 위로할 수 있었을까. 그것은 바로 그분이 목사고시를 7번 떨어졌다가 8번째 붙었기 때문이다. 그분이 내게 위로의 말을 건넨 적은 단 한 번도 없지만 7번 떨어졌다는 것 자체가 내게는 너무나도 큰 위로와 힘이 되었다. 그렇게 많이 떨어졌음에도 본인의 일을 기쁘게 감당하고 실패담을 아무렇지 않게 웃으며 얘기하는 모습이 내게는 도전이자 한 편으로는 신선한 충격이었다. 그 아무리 많은 사람들이 나를 걱정하며 위로의 말을 건네도 그것은 진정한 위로가 되지 않았다. 그들은 나처럼 실패를 경험하지 않았기에 위로를 해준다 해도 마음의 문을 열고 위로를 받아들일 수 없었던 것이다. 그러나 나보다 더 많이 실패하고 힘겨운 삶 가운데서도 기쁘게 살아가는 사람들의 이야기를 들었을 때 마음의 문이 활짝 열려 진정한 위로가 되고 힘을 얻을 수 있었다. 그때 나의 실패를 극복할 수 있는 힘은 7전8기의 K목사님 덕분이라 해도 과언이 아닌 것이다.

독서에 실패했다면 우선 본인의 실패를 쿨(cool)하게 인정해야 한다. 그래야 다시 시작할 수 있는 힘이 생긴다. 그리고 다시 작심삼일을 도전하는 것이다. 약효가 떨어질 때쯤 다시 작심삼일을 하면 된다. 역발상으로 작심삼일을 잘만 사용하면 나에게 오히려 득이 되는 방법이 된다. 작심삼일은 실패가 아니다. 작심삼일은 작은 성공이다. 우선 시작을 했기 때문에 그것은 실패라고만 볼 수 없다. 한 권의 책을 읽을 때에 3일 내에 흥미가 식어간다면 다시 새로운 책으로 작심삼일을 시작하면 된다. 그렇게만 꾸준히 이어가다 보면 어느 순간 수많은 책들을 섭렵하고, 책과 가까운 사이가 되어 있을 것이다. 독서를 할 때에는 책과 친해지는 것이 급선무이기 때문이다.

책 읽는 것을 포기한 사람들 중에 이러한 말을 하는 사람들이 있다.

"아무리 좋은 책을 읽어도 3일만 지나면 금방 잊어버려. 읽고 큰 도

전과 동기부여를 받아도 작심삼일로 끝난다니까. 그러니 읽어 뭐해."

그렇다. 많은 사람들이 책을 읽어도 효과가 3일 이상 지속되지 않는다고 한다. 책을 읽는 그 당시에는 정말 무엇이든 시작할 수 있을 거 같지만 막상 시간이 지나면 다시 전과 다르지 않는 자신을 발견하게 되고 다시 제자리로 돌아온다. 그러나 해결방법은 아주 간단하다. 3일 안에 그 모든 결심과 감정과 여운이 사라진다면, 3일이 지나 읽었던 책 내용이 기억이 가물가물하다면 그 뒤에 이어서 또 다른 책을 꺼내 읽으면 된다. 또 다른 책으로 그 결심과 감정을 이어가면 되는 것이다. 성공을 꿈꾸고 보다 나은 삶을 살기를 원한다면 내가 선망하는 이들의 책을 꾸준히 읽으며

'역시 나는 안 돼.'

'책 하나 읽는 다고 내가 달라질리 없지.'

라고 속삭이는 실패와 부정의 마인드가 내 속에 꿈틀되지 못하도록 계속해서 긍정의 농약을 뿌리며 잡초를 제거해 줘야 한다.

'토크쇼의 여왕'으로 알려져 있으며 미국에서 '가장 성공한 여성'으로 꼽을 때면 늘 빠지지 않고 언급되는 오프라윈프리는 "독서가 오늘의 저를 있게 했습니다."라고 할 만큼 책을 사랑하고 책을 많이 읽은 독서광으로 유명하다. 그녀는 어린 시절 그야말로 수렁 같은 삶의 연속이었다. 태어날 때부터 사생아로 태어났으며, 어린나이에 외할머니

에게 거의 매일 매질을 당하며 살았다. 그 뿐만 아니라 아홉 살 때부터 사촌 오빠에게 성폭행을 당하고, 열네 살의 어린나이에 미숙아를 사산했을 정도로 그녀의 삶은 실낱같은 희망도 보이지 않는 끔찍한 삶이었다. 그런 수렁 같은 삶에서 그녀가 어떻게 미국에서 최고로 성공한 여성으로 인정받을 수 있었을까. 그것은 그녀의 말처럼 '독서'가 그녀의 삶의 구원이 되었기 때문이다. 그녀의 새엄마는 어린 윈프리에게 책 읽기를 알려주고 독후감 쓰기와 같은 꾸준히 책을 읽을 수 있도록 도움을 주었다. 어린나이에 윈프리는 밖에서 놀고 싶고, 하고 싶은 것이 많이 있었지만 어머니의 도움으로 독서습관을 들일 수 있었다. 그녀역시 삶이 힘들고 우울할 때는 힘든 상황에서도 자신과 같은 불행을 겪고 있는 사람들을 책을 통해 만나면서, 사람의 감정을 이해하는 능력을 키워 세계에서 가장 유명한 오프라 윈프리 쇼를 만들어 낸 것이다. 싫증이 날 수 있고, 지겨워 질수는 있지만 절대 독서를 포기하지는 마라. 오뚝이처럼 계속해서 일어나 손에서 책이 떠나지 않도록 하라. 다 읽지 못해도 좋으니 자신의 상황에 맞거나 희망을 주는 책을 3일마다 반복해서 읽어나가라. 3일마다 도전을 받고 삶의 희망과 용기로 내안을 채워 절망이 스며들 틈이 없도록 하라.

나는 마치 밀린 방학숙제를 빨리 끝내야 하는 학생처럼, 조급한 마음으로 책을 읽어 나간 적이 있다. 그저 다독이 중요하다고 생각했다.

그러나 그것은 그때뿐이고 내게 살이 되고 피가 되는 독서법은 아니었다. 정말로 내게 필요한 것을 담아가기 위해서는 지속적인 독서가 더 중요하다. 움직이는 자동차 바퀴에 녹이 슬지 않도록 기름칠을 해주는 것, 이것이 바로 작심삼일 독서법이다.

아직도 나의 의지박약으로 힘들어 하는가? 꾸준하게 작심삼일을 반복하는 것이 답이다. 계속해서 작심삼일을 이어간다면 당신은 어느 순간 책과 매우 가까워져 있을 것이다. 작심삼일로 꾸준함을 이어가라.

•

퇴근 후 시간활용법

퇴근 후의 시간을 잘만 활용한다면 당신은 보다 나은 삶을 살게 될 것이다.
지금의 상황을 보지 마라. 그리고 지금의 상황에 안주하려고도 하지 마라. 아직 당신은
'공사 중'이나. 공사를 마친 후의 삶이 진짜 본인의 삶이 되는 것이다.

밤에 하는 운동이 효과가 클까? 아니면 아침에 하는 운동이 효과가
클까? 정답을 얘기하자면 운동은 언제하든 효과가 있다. 그러나 물론
효과의 질은 다르다. 나는 매일 아침마다 출근하기 전에 헬스장을 간
다. 아침운동을 하는 것이다. 아침운동을 하면 하루의 삶을 활기차게
시작할 수 있고, 혈액이 원활하게 공급되어 집중력이 좋아지는 효과가
있다. 그리고 무엇보다 식욕을 억제해줘 다이어트를 하는 이들에게는
안성맞춤이다. 이러한 것은 내가 나를 대상으로 실험 해봤기에 정확한
정보라 자부할 수 있다.

그러나 전에 PT를 받을 때에는 퇴근을 하고 밤에 헬스장으로 향했
다. 개인 트레이너가 밤에 출근을 하기도 하였지만, 아침보다 밤에 무
거운 것을 들어도 무리가 되지 않고, 멋진 근육을 만드는 것에는 아침

보다 밤에 하는 운동이 효과적이라는 것을 알게 되었다. 그리고 하루 동안 쌓인 스트레스를 풀기에는 저녁이 적합 했다.

PT기간이 끝나자마자 나는 다시 아침에 하는 운동을 택했다. 물론 계속해서 멋진 근육을 만들고 싶은 마음도 있었지만 아침 시간을 보다 효율적으로 사용하고 싶었고, 퇴근 후에는 어쩔 수 없는 약속들이 있기에 시간을 고정적으로 픽스(fix)하여 운동하는 것이 쉽지 않았기 때문이다. 대신 나는 퇴근 후를 보다 알차게 사용하는 법을 스스로 터득하고 훈련했다. 퇴근 후 시간활용법에 대해 알아보자.

첫째. 이동수단으로 지하철을 나의 자가용으로 사용하라.

퇴근 후 되도록 약속을 잡지 않지만, 불가피한 약속이 있는 날은 약속장소로 이동할 때에 반드시 버스나 택시가 아닌 지하철을 이용한다. 이유는 간단하다. 버스나 택시에서는 독서를 할 수 없기 때문이다. 그러나 지하철을 이용하는 이 시간만큼은 온전히 독서를 할 수 있다. 되도록 지하철 안에 빈자리가 생겨도 앉지 않으려 한다. 퇴근시간이 되면 몸이 많이 지쳐있기에 앉자마자 잠에 빠질 수 있기 때문이다. 그래서 나는 더더욱 나의 독서시간을 확보하기 위해 서서가며 책을 읽는다. 지하철을 타고 퇴근하는 시간도 나의 꿈을 위한 자기계발 시간으로 삼는 것이다. 지하철 안은 대부분의 사람들이 스마트폰을 보거나 이야기를 하기 때문에 나는 더더욱 특별하다는 생각에 자존감이 올라가는 더블효과를 보기도 한다.

둘째. 저녁에는 몸에 가벼운 음식을 먹어라.

예전에는 한주에 라면을 일곱 번은 먹었을 만큼 '라면광' 이었다. 라면은 조리하기도 쉽고, 맛도 있어서 특별히 퇴근 후 자주 끓여먹었다. 그러나 라면은 소화가 되기까지 오랜 시간이 걸려 숙면을 취할 수 없고, 속이 더부룩하여 활동을 하는데 제한이 있다. 또한 늦은 저녁 시간에 배부르게 음식을 먹으면 긴장이 풀리면서 금방 피로가 밀려온다. 그러면 소파에 앉아 잠시 쉬려고 하다가 결국 그렇게 잠이 드는 것을 여러 번 경험했다. 약속이 있어 밖에서 식사를 할 때에도 조절을 하며 먹어야 몸을 관리할 수 있다. 그렇지 않으면 그 다음날 아침까지 영향을 주어 불쾌한 기분으로 아침을 맞이하게 된다. 상쾌한 기분으로 활기찬 아침을 맞이하고 싶다면 전날 저녁부터 나의 속을 비우는 훈련이 필요하다.

셋째. 잠자기 전에는 반드시 책을 읽어라.

'잠자기 전' 과 '일어난 후' 는 서로 연결되어 있다. 그래서 다음 날 행복한 기분으로 일어나기 위해서는 잠자기 전을 보다 효과적인 시간으로 만들어야 한다. 졸음이 오기 전에 뇌가 기뻐하는 환경을 만들어야 하는 것이다. 아무리 피곤하고 고단한 하루였다 할지라도 적어도 잠자기 30분 전에는 독서를 해야 한다. 독서는 긍정적인 생각들로 가득 채워지게 되고 그것이 다음날 아침까지 연결이 된다. 그리고 책을 읽음으로 마음의 평안이 찾아와 숙면을 취할 수 있어 나는 잠자기 전에는 TV와 휴대폰을 내려놓고 독서하기를 적극 권한다.

넷째. 퇴근 후 시간은 자유 시간이 아니라 '자기계발의 시간'이다.

많은 이들이 직장생활을 힘들어 한다. 그러나 직장에서의 생활이 힘든 것도 있지만 그보다 더 마음을 무겁게 하는 것은 미래가 보이지 않기 때문이다. 내가 아는 O씨는 대기업인 S전자에 들어가 3년 만에 고속승진을 하여 서른 한 살의 나이에 벌써 과장의 자리에 올라있다. 그러나 그는 만날 때마다 피곤해 하며 직장생활에 많은 회의를 느낀다고 한다. 대기업의 경우는 승진을 하면 할수록 피라미드식이기 때문에 언제 잘릴지도 알 수 없다는 것이다. 그래서 어서 빨리 직장을 그만두고 다른 일을 하고 싶지만 그러할 수 없는 상황이 갑갑하게만 느껴진다며 나에게 하소연을 했다. 남들이 보기에는 대기업에 다니고 고속승진을 하여 부러움을 살만하지만 정작 본인은 행복하지 않은 것이다. 그래서 나는 O씨에게 직장에 다닐 때 사업을 준비하라고 조언을 해줬다. 그리고 본인이 정말 하고 싶은 것이 무엇인지 모른다면 책을 통해 찾아보라고 했다. 얼마 후 O씨는 책을 통해 '1인 창업'에 대해 알게 되었고 관심이 생겨 퇴근 후 그쪽으로 공부 중에 있다는 이야기를 들었다.

퇴근 후의 시간에 불안한 휴식을 취하기보다는 행복한 자기계발의 시간으로 생각해야 한다. 퇴사 후에 좋아하는 일을 찾기에는 이미 늦다. 직장에 다닐 때부터 본인이 정말 하고 싶은 일이 무엇인지 찾아야 한다. 본인이 좋아하는 것을 꿈꾸면 아무리 힘든 직장도 견딜만한 힘을 준다. 미래가 밝기 때문이다. 본인이 좋아하는 것을 찾기 어렵다면 많은 독서를 통해 가슴 뛰는 일을 찾기를 바란다. 책에는 분명 답이 있다.

퇴근 후의 시간을 잘만 활용한다면 당신은 보다 나은 삶을 살게 될 것이다. 지금의 상황을 보지 마라. 그리고 지금의 상황에 안주하려고도 하지 마라. 아직 당신은 '공사 중'이다. 공사를 마친 후의 삶이 진짜 본인의 삶이 되는 것이다.

우리 집 앞에 큰 건물이 들어서서 많은 이들의 추측이 난무했다. 누구는 스타벅스가 들어온다는 말을 하기도 했고, 누구는 맥도널드가 들어온다고 했다. 그러나 결국 그곳은 대형 옷가게가 들어와 많은 이들의 예상을 빗나가게 했다. 벌써부터 당신의 삶을 제한하고 판단하지 마라. 공사가 끝나봐야 아는 것이다. 지금은 열심히 벽돌을 쌓아올릴 때이지 벽돌을 쌓기도 전에 미리 겁부터 먹고 포기하기에는 너무나 이르다. 지금의 삶에 만족하지 않는다면 답은 간단하다. 퇴근 후의 삶을 잘 활용하여 곧 다가올 인생 2막을 준비하라. 퇴근 후의 삶이 당신의 인생 2막을 결정하게 될 것이다.

●

책장을 책으로 채워라

주말이 되면 밀린 잠을 충전하지 말고 책장에 책으로 충전하라.
책이 한 권 한 권 쌓일 때마다 당신의 꿈과 의식이 성장하는 것을 느낄 수 있을 것이다.
책장을 책으로 채우는 것이야 말로, 작지만 위대한 시작이다.

주말이 되면 밀린 잠을 보충하는 사람들이 많다. 한 주 동안 열심히
일하여 피곤하고 지친 몸과 마음을 달래주는 시간으로 사용하는 것이
다. 내가 아는 L씨는 주말에는 연락이 잘 안 된다. 그저 먹고 자고 쉬
고를 반복하며 본인 말로는 알찬 주말을 보낸다고 한다. 대기업에 다
니는 L씨는 퇴근이 보통 저녁 10시에서 11시 정도이다. 가끔은 자정을
넘길 때도 있는데 그때는 지하철이 끊겨서 택시를 타고 집에 온 적도
종종 있다고 한다. 그러한 이야기를 들으면 마음이 아프다. 그는 이틀
을 쉬기 위해 5일을 일하는 삶을 살고 있는 것이었다.

그러나 나의 마음을 더 아프게 한 것이 있다. 만나서 얘기를 해보면
5일 동안은 노예처럼 일만하고 남은 2일은 '노예처럼 쉬는 삶'을 살고
있었다. 내가 보는 L씨는 주말에 쉰다고 하지만 그것은 참된 쉼이 아

니었다. 주말에도 그저 걱정과 불안으로 가득한 삶을 사는 것이다.

"이 직장에 내가 얼마나 더 있을 수 있을지 모르겠어. 요즘에는 건강도 안 좋아져서 약까지 먹고 있다니까"

"이번에 승진시험에서 떨어지면 난 진짜 창피해서 더 이상 회사에 못 다닐 거 같아"

늘 입에 부정적인 말과 부정적인 생각으로 가득 차 보였다.

요즘 현대인들은 정신없이 바쁘지만 쉴 때도 제대로 쉬는 방법을 모른다. 그래서 스트레스는 나날이 쌓여만 가는 것이다. 내가 아는 K씨는 주말이 되면 여행을 자주 가곤 한다. 본인이 여행가서 찍은 사진을 sns에 올려 많은 사람과 공유하는 것을 큰 기쁨으로 여기는 것이다. 그러한 기쁨은 잠시 뿐이고, 여행비용으로 사용된 카드 값을 갚기 위해 정작 커피 한 잔 마시는 것도 힘겨운 여유 없는 삶을 살아간다.

P씨는 주말이 되면 카페에 가서 휴대폰을 하거나 컴퓨터를 한다. 그런데 처음에는 그러한 일들이 여유 있어 보이고 좋았지만 시간이 지날수록 외로움만 쌓여가고 남는 게 없다, 라는 말을 들은 적이 있다.

그렇다면 가장 좋은 쉼은 어떤 것이 있을까? 나는 독서를 추천한다.

일시적인 휴식을 쉼으로 생각하면 안 된다. 진정한 쉼은 멀리 보고 미래를 준비해야 하는 시간이다. 그리고 지금 당장은 모든 것을 내려놓고 안락함을 추구하고 싶지만 결국 그러한 것이 나중에는 걱정과 불안으로 이어지게 된다. 독서는 나의 생각할 힘을 키워줘 어떠한 상황에서도 흔들리지 않고 목표한 꿈을 향해 나아갈 수 있도록 돕는 역할을 한다. 그리고 책은 내가 꿈꾸는 삶을 만나게 되고, 아무 목표 없이 살아가는 내게 꿈과 희망이 되어 준다.

나는 쉬는 날이면 대부분 대형서점을 찾는다. 급하게 책을 구입해야 할 때는 동네에 있는 작은 서점을 찾기도 하지만 대형서점을 가면 긍정적이고 좋은 에너지를 얻을 수 있다. 주로 잠실에 있는 교보문고를 자주 가는데 거기를 갈 때마다 아무 이유 없이 마냥 기분이 좋아진다. 특별히 책을 읽고자 하는 많은 사람들을 보면 큰 도전을 받는다. 책을 보기도 전에 좋은 기운들이 나를 감싸는 느낌이다. 가장먼저 요즘 베스트셀러가 무엇인지 파트마다 둘러보곤 한다. 특별히 나는 자기계발에 관심이 많아 새로 나온 책까지 전부 샅샅이 살펴본다. 마치 여자들이 백화점에 가면 아이쇼핑만으로도 행복함을 느끼듯 책들을 보는 그 순간만큼은 너무나 행복하고, 나의 모든 스트레스가 눈 녹듯이 녹아내리는 느낌이다. 물론 인터넷으로 책을 구입하는 경우도 많이 있지만 이렇게 직접 책을 읽어보고 구입한 책은 더 애착이 가고 후회하거나 실패하는 경우가 없다. 이는 쇼핑과도 일맥상통하는 부분인거 같다.

책장에 책으로 가득 채우는 것은 나의 미래를 든든히 준비하는 것이다. 같은 시간에 일한 사람보다 더 많은 수익을 낼 수 있는 확률이 높아지고, 같은 시간에 쉼을 택한 사람보다 더 질 좋은 휴식을 취하게 되는 것이다.

'준비를 실패하는 사람은, 실패를 준비하는 사람이다.' 라는 미국의 격언이 있듯이 우리는 늘 다가올 미래에 준비를 해야 한다. 그렇지 않으면 실패로 가는 지름길을 택할 수밖에 없다.

다음은 엠제이 드마코의 《부의 추월차선》에 나오는 내용이다.

이집트 파라오가 조카들 두 명을 불렀다. 한 명은 '추마' 이고 다른 한 사람은 '아주르' 이다. 파라오는 조국을 위해 기념비적인 피라미드를 각각 1개씩 지어서 바치라는 명을 내렸다. 먼저 피라미드를 완성한 이에게 왕자의 지위를 주고, 수많은 금은보화를 선물하겠노라고 했다. 그래서 이 둘은 피라미드 건축 작업에 돌입했다.

아주르는 즉시 일을 시작했다. 크고 무거운 돌을 끌어다가 천천히 사각 대형을 만들었고 몇 달이 지나자 토대가 갖추어졌다. 마을 사람들은 아주르의 건축물 곁에 모여들어 그의 솜씨를 칭찬했다. 하지만 추마의 피라미드가 서야 할 자리는 먼지만 날리고 아무 것도 세워지지 않았다. 그래서 아주르는 추마가 궁금하여 집으로 찾아가니 그는 피라미드 건축과는 상관없어 보이는 도구들을 만들고 있었다. 아주르가 보기에는 피라미드 건축과는 상관없는 딴 짓을 하고 있는 것처럼 보였다.

몇 년이 지나고 아주르는 두 번째 층을 올리게 되었다. 그런데 돌이 너무 무거워 점점 건축 속도는 느려져만 갔고, 어느 순간부터는 일하는 인부들 역시 도저히 힘을 내지 못할 정도까지 됐다. 그러던 어느 날 저 멀리서 소란스러운 소리가 들려왔다. 아주르도 궁금하여 가까이 가 보았다. 저 밑에서 추마는 시시내, 바퀴, 시냇내, 맛물 등이 복삽하세 얽힌 8미터에 달하는 거대한 기계를 천천히 옮기고 있었다. 추마는 겨우 몇 분 안에 기계를 활용하여 무거운 돌을 번쩍 들어 올려 피라미드의 기초를 쌓기 시작했다. 기계는 큰 힘을 들이지 않고 돌을 하나씩 하나씩 가볍게 옮겼다. 추마의 조작 하나면 모든 것이 해결되었다.

아주르의 피라미드는 기초를 쌓는 데 1년이 꼬박 거렸지만, 추마의 피라미드는 일주일이 걸렸다. 아주르를 애먹였던 두 번째 층은 아주르보다 30배 빠른 속도로 쌓아 올렸다. 아주르가 2개월 만에 한 일을 추마의 기계는 이틀 만에 해냈다. 40일이 지나자 추마의 기계는 아주르가 3년간 해 놓은 고된 작업을 고스란히 따라잡았다.

8년이 지나 추마는 피라미드를 모두 완성했다. 시스템을 만드는 데 3년이 걸렸고, 시스템을 사용해 효과를 거두는 데 5년이 걸렸다. 파라오는 크게 기뻐하며 약속을 지켰다. 한편 아자르는 기존의 방식을 벗어나지 못한 채 계속해서 작업에 열심히 매달렸지만 힘과 시간, 돈을 낭비하고 결국 완성하지 못한 채 열두 번째 층을 쌓다가 심장마비로 죽었다. 두 층만 더 쌓으면 완성이었지만 그렇게 허망하게 죽은 것이다.

준비 없이 행동부터 하면 지금 당장은 열심히 하는 것처럼 여겨지지만 결국엔 미래를 준비한 사람이 이기게 되어 있다. 나 역시도 직장에 다니며 휴일에는 쉬고 싶은 마음이 굴뚝같은 날이 너무나 많았다. 하지만 피곤한 몸과 마음을 다잡고 쉬는 날이면 계속해서 나의 미래를 위해 책을 읽고 또 읽어 나갔다. 점심식사 시간에도 직장동료들과 차를 마시러 가거나 수다를 떨기보다 혼자서 책을 읽으며 미래를 준비했다. 그 당시야 주변에서 유별나게 군다며 핀잔을 받기도 하였지만, 지금은 이렇게 책을 쓰며 제2의 인생을 준비하는 나를 다들 부러워하며 대단해 한다.

먼저 나의 미래를 준비하고 싶다면 책장에 책으로 가득 채워야 한다. 책장에 쌓인 책이 나를 성공의 생각들로 가득 차게 해줄 것이다. 주말이 되면 밀린 잠을 충전하지 말고 책장에 책으로 충전하라. 책이 한 권 한 권 쌓일 때마다 당신의 꿈과 의식이 성장하는 것을 느낄 수 있을 것이다.

책장을 책으로 채우는 것이야 말로, 작지만 위대한 시작이다.

새벽독서 습관은 배신하지 않는다

새벽에 일어나는 것이 습관이 되어 그 시간에
책을 읽으면 그것은 고스란히 내게 능력이 되고 경험이 되어 되돌아온다.
습관은 절대 자신을 배신하지 않기 때문이다.

'오늘의 나를 있게 한 것은 우리 마을 도서관이었고, 하버드 졸업장보다 소중한 것이 독서하는 습관이다' -빌 게이츠

일본에는 세계적인 야구 선수가 있다. 메이저리그 16년 만에 3000 안타를 친 그 선수의 이름은 '이치로'이다. 이치로는 내가 어릴 적부터 야구천재로 유명했는데 지금도 불혹이 넘은 나이에 엄청난 기록으로 세계를 놀라게 하고 있다. 그는 어릴 적부터 지독한 연습벌레로 유명하다. 초등학교 3학년 때부터 하루 365일 중 360일은 훈련을 한다고 한다. 마흔 살부터는 훈련 일수를 3일 더 늘려 이제는 일 년에 363일 훈련을 한다. 여행을 갈 때에도, 부모님을 만나러 갈 때에도, 명절이나 크리스마스 같은 휴일에도 그는 항상 운동기계를 챙겨 운동을 꾸

준히 반복하여 연습한다. 뿐만 아니라 본인의 몸 관리를 위해 아침엔 항상 아내가 만들어주는 카레만 먹는다. 이러한 것이 수십 년간 반복 되어 결국 위대한 야구 선수로 성공한 것이다.

사람은 습관을 만들지만, 좋은 습관은 위대한 사람을 만든다. 일반 프로선수와 세계적인 선수가 나뉘는 것은 바로 이러한 작은 습관의 반 복에서 비롯된다 해도 과언이 아니다.

새벽독서 습관 역시 이와 같다. 단순히 남들보다 1시간 정도 일찍 일어나 하루를 시작하는 거 같지만 그것이 습관이 되고 체질화 된다면 어마어마한 결과로 이어지게 된다. 하루 1시간씩 일 년이면 365시간, 남들보다 보름을 더 살아가는 것이고, 책 한권을 읽는데 4시간이 걸린 다고 했을 때 일 년에 90권 이상을 더 읽을 수 있다.

독서 습관은 책을 읽는 습관이 강력해져서 끊지 못 할 정도가 되기 전까지는 그 힘을 느낄 수 없다. 그러나 나의 습관으로 장착되는 순간, 당신은 놀라운 잠재력을 발견하게 될 것이다. 반복적으로 하는 일이 곧 나를 만든다. 실패한 사람과 성공한 사람의 차이는 단지 그들의 습 관에 있다. 좋은 습관은 모든 성공의 열쇠이다. 잘하는 사람이 즐기는 사람을 이길 수 없고, 즐기는 사람이 습관이 된 사람을 이길 수 없다. 그만큼 새벽독서가 즐기는 것을 넘어 몸에 체질화 되어 있다면 그 어 떤 슬럼프가 찾아와도 몸이 먼저 반응하여 새벽을 깨워 책을 읽도록 할 것이다.

직장인들의 대부분은 책을 읽는 것이 쉽지 않다. 날마다 야근과 끊임없는 회식으로 자신만의 시간을 갖기가 너무나 어렵기 때문이다. 주말에라도 내 시간을 가지려 하면 피곤한 몸을 가누기 어렵고 하루 종일 소파에 앉아 있는 것이 익숙해져만 간다. 내가 아는 M씨는 주말이 되면 하루 종일 시체처럼 침대에만 누워있다. 주중에 바쁜 업무들로 너무나 피곤하여 이렇게 주말에라도 잠을 보충하지 않으면 정말 쓰러질 거 같다, 라는 것이다.

그럼 정말 직장인들이 책을 읽을 수 있는 방법은 없는 것일까? 아니다. 방법이 있다. 그것은 바로 독서습관을 만드는 것이다. 내 몸에 독서 DNA가 심겨지는 순간 독서는 생각만큼 어려운 것이 아니다. 자전거를 배우고 수영을 배우는 것처럼 독서하는 것은 머리로 배우고 의지로 하는 것이 아닌 몸에 익숙해져 자연스럽게 저절로 나오는 상태를 만드는 것이다.

어떠한 행위를 오랫동안 반복되는 과정에서 저절로 익혀진 행동 방식. 우리는 그러한 것을 '습관'이라 말한다. 우리는 여기서 중요한 것을 깨달을 수 있다. 오랫동안 반복하면 저절로 익혀진다는 것이다. 독서 역시도 이와 같이 조금씩이라도 반복하여 읽는다면 그것이 곧 습관이 된다. 그래서 독서는 처음부터 너무 어려운 책으로 시작을 하면 안 되는 이유가 여기에 있다. 처음에는 자기 관심 분야의 쉬운 책들을 먼저 읽어가며 내 몸에 습관을 만들어야 한다. 독서 근육을 만드는 것이다.

　다시 한 번 자전거로 예를 들어보면 자전거를 처음 배우는 아이에게 두발 자전거를 알려주려 하다보면 계속 진도가 안 나가 결국에는 지겨워지고 포기하게 된다. 그러나 세발이나 네발 자전거로 먼저 자전거와 익숙해지고자 한다면 시간이 지나 두발 자전거도 거뜬히 다루게 되는 것이다. 이와 같이 독서도 한 번에 많은 시간 읽으려 하기 보다는 차츰 차츰 시간을 늘려가며 읽는 것이 좋다.

　나 역시도 처음부터 과하게 새벽 일찍부터 일어나 독서를 시작 한 적이 있었다. 갑자기 새벽 3시에 일어나 책을 읽으니 시간이 지날수록 몸이 너무나 힘들어지고, 출근해서도 졸거나 멍하게 앉아 있게 되어 오히려 하루를 망치는 날들이 더 많았다. 하루를 보다 효과적으로 보내고 싶어서 시작한 새벽독서가 오히려 독이 되어 내게 돌아온 것이다. 그래서 다시 처음부터 계획을 다잡기 시작했다. 30분씩 차츰 차츰 시간을 늘려가며 몸이 적응할 시간을 둔 것이다. 그러다보니 지금은 처음 시작했을 때와 같이 새벽 3시에 일어나도 하루 생활을 하는데 지장이 없을 정도로 내 몸에 체질화가 되었다.

　처음에는 무슨 일을 시작하고 배울 때에 재미가 있다. 하지만 기초단계를 벗어나면 배우는 것만으로 실력이 늘지 않는다. 그때부터는 배운 것에 대한 반복과 숙달이 필요하다. 바로 이 시기가 '습관의 굳은살이 붙는 시간' 이라 할 수 있다. 습관으로 자리매김 하기 위해서는 끊임없는 반복과 훈련으로 체질화가 되어야만 가능한 것이다. 그래서 습관은 단기간에 형성될 수 없는 본인만의 고유한 성품이고 능력이다.

사람을 대할 때 첫인상이 매우 중요하다. 그러나 결국 그 사람을 결정짓는 것은 반복되어 지는 그의 습관에 의해 판결 되는 것이다. 아무리 처음에는 성실해 보이고, 매너가 있어 보이지만 계속해서 약속 시간에 늦는다거나 인상을 자주 찌푸린다면 그는 결국 오래 지속되는 관계로 이어갈 수 없게 된다.

'인간은 어떤 한 순간의 노력으로 특정 지어지는 것이 아니라, 반복되는 행동에 의하여 규정된다. 그러므로 위대한 것은 습관이다.' 라고 말한 아리스토텔레스의 말처럼 습관은 그 사람의 노력과 반복되는 행동에 의해 결정되는 것이기에 습관은 그 사람 자체인 것이다.

새벽에 일어나는 것이 습관이 되어 그 시간에 책을 읽으면 그것은 고스란히 내게 능력이 되고 경험이 되어 되돌아온다. 습관은 절대 자신을 배신하지 않기 때문에 좋은 습관일수록 나의 미래를 밝혀주고 탄탄히 다듬어 주는 행동이 된다. 새벽을 활용하여 독서를 하고 하루를 준비한다면 그것은 나에게 선순환이 되어 돌아올 것이다. 많은 직장인들이 바쁜데 책을 읽을 시간이 어디 있냐고 하지만, 책을 읽기 때문에 여유가 없고 바쁜 것이 아니라 책을 읽기 때문에 내실 있게 바쁜 것이다. 이렇게 해도 바쁘고 저렇게 해도 바쁘다면 나는 내실 있게 바쁜 쪽을 택하라고 권하고 싶다.

새벽에 독서하는 습관을 들이면 나의 안 좋은 생각들, 즉 잡념이 사라진다. 지난날 어두운 과거에 목 매이는 삶이 아닌 내가 신성으로 하고 싶은 일에만 몰입하게 되어 사소한 것에 신경 쓰지 않는다. 매 시간마다 해야 할 일이 있고 하루에 해야 하는 나만의 일들이 있기에 잡생각이 끼어들 틈이 없는 것이다. 그래서 새벽독서습관은 하루를 살아가는데 반드시 필요한 필수 요소이다.

우리가 매일 하는 선택과 행동의 90%는 습관에 의한 것이다. 상황과 분위기에 따라 내가 결정하는 것처럼 보이지만 결국에는 그러한 모든 결정들이 곧 습관에 의한 것이다. 그래서 습관은 절대 배신하지 않는다. 지금 당장은 어렵고 제자리인 거 같을 수 있다. 그러나 새벽에 일어나 독서하는 습관을 만들기 위해 지금 당장이라도 시작한다면 결국 그 습관이 당신을 성공자로 만들 것이다.

05

출근 독서법

출근 시간과 같이 매일 보장되는 시간이라면
반드시 본인의 것으로 만들어야 한다. 기회는 잡는 사람의 것이라고 하지 않았나.
출근시간은 책을 읽기에 최고의 기회이다.

우리 대한민국의 땅은 좁은데 인구밀도가 높다. 그래서 늘 출근길을 보면 출근지옥, 지옥 철이라는 말이 저절로 나온다. 출근하는 수많은 인파로 하루의 시작을 스트레스로 시작하는 것이다. 아무리 성격이 온유한 사람이라 할지라도 이러한 것들을 겪는다면 화가 치밀어 오를 수밖에 없다. 아침부터 이렇게 진이 빠진 상태에서 일을 하려니 일이 손에 잡히지 않고 하루가 악순환이 된다. 나 역시도 지금은 집 근처에 직장을 다니고 있지만 지하철로만 1시간 이상 가야하고 또 다시 버스로 갈아타야 하는 곳으로 출근을 한 적이 있었다. 분당선 정자역 근처에 있는 직장이라 때 아닌 대란을 매일 겪어야 했다. 그러던 어느 날 이러한 생각이 나의 뇌를 스쳐갔다.

'출근을 보다 즐겁고 여유 있게 할 수 있는 방법은 없을까?'

고민 끝에 답을 찾았다. 평소보다 한 시간 일찍 출근하는 것이다. 평소에도 일찍 일어나기는 하였지만 늘 출근시간에 맞게 집에서 출발하는 것이 습관이 되어 있는 나는 처음에는 쉽지 않았다. 그러다가 출근지옥을 경험하며 출근하는 것 보다 차라리 한 시간 일찍 집을 나서기로 마음먹은 것이다. 이렇게 출근을 여유롭게 하니 하루가 상쾌해졌고, 귀찮고 짜증나는 일도 없어졌다. 그동안 나는 직장에 출근하고 나면 벌써부터 기진맥진하여 하루에 사용할 에너지의 절반을 소진해 버렸다. 그러나 이렇게 한 시간 일찍 출근하는 것만으로도 기분 좋게 하루를 시작할 수 있었다. 그런데 또 하나의 문제가 생겼다. 일찍 출발하는 것은 좋은데 자꾸 이동하는 내내 잠을 잔다는 것이다. 사람이 붐비는 시간에 출근 할 때에는 자리가 없어서 서서 이동하여 뭐라도 할 수 있었는데 여유 있게 출근을 하니 빈자리에 앉아 자꾸 잠만 자는 이 시간이 너무나 아깝다고 느껴졌다. 어느 순간부터는 자꾸 내려야 할 역을 지나쳐 다시 되돌아오는 것이 점점 빈번해 진다. 일찍 출근하는 것은 좋은데 이 시간을 보다 효율적으로 사용하고 싶은 마음이 들었다. 그때부터 나는 책을 읽기 시작했다.

지하철에서 한 시간 가까이 책을 읽을 수 있었다. 그러다보니 내가 책을 빨리 읽는 편이 아님에도 일주일에 한 두 권 이상은 꾸준히 읽을 수 있었다. 한 달로 치면 여섯 권에서 일곱 권 정도에 달했다. 지하철 안에서는 오랫동안 집중하여 읽는 것이 가능했기에 나는 비교적 두꺼운 책들을 주로 들고 다녔는데 그 중에서도 엠제이 드마코, 나폴레온 힐, 브라이언 트레이시, 브렌든 버처드, 리처드 브랜슨, 존 템플턴 등 세계적인 강연가들의 책을 읽으며 나의 의식을 확장하고 꿈을 키울 수 있었다. 이렇게 출근하는 길을 동기부여로 가득한 삶으로 시작하니 하루가 얼마나 신이 나고 즐거웠는지 모른다. 다양한 성공자들의 성공 스토리를 읽으며 강한 자극을 받기 시작했고 지금보다 더 치열하게 살아야겠다는 결심을 하게 되었다. 지금 생각해보면 이러한 출근길을 나의 독서시간으로 정한 후 내 인생이 조금씩 성공을 향해 움직였던 거 같다.

이처럼 세계적인 성공자들의 스토리를 읽으니 공통점이 하나 있었다. 그것은 바로 이동하는 공간을 자신의 서재로 활용했다는 것이다. 달리는 버스 안이나 비행기를 타고 해외를 갈 때에도 이들은 늘 한결같이 책이나 신문을 옆에 두고 읽었다. 자신을 끊임없이 채찍질하고 보다 더 넓은 세계의 정보들을 익히고 배우기 위해 부단히도 노력하는 것을 알게 되었다.

'너무 바빠서', '할 일이 너무 많아서' 등의 이유로 책 읽을 시간이 없다는 사람들이 있다. 그러나 확실한 건 시간이 남더라도 그들은 절대 책을 읽지 않을 것이다. 책을 읽을 시간보다 책을 읽는 습관이 부족하기 때문이다.

알렉산드리아 피네는 "가장 바쁜 사람이 가장 많은 시간을 갖는다.

부지런히 노력하는 사람이 결국 많은 대가를 얻는다."라고 말했다. 인생은 열심히 사는 이들에게 더 많은 성공의 기회를 제공한다. 부지런한 사람일수록 성공할 확률이 높아지는 것이다.

사실 출근시간에 책을 읽는 다는 것은 쉽지만은 않다. 쏟아지는 졸음을 이길 장사가 어디 있겠는가. 나도 처음에는 출근길에 졸다가 책을 땅에 떨어뜨리거나 내려야 하는 역을 지나친 적이 한 두 번이 아니다. 그러다 보니 나만의 노하우가 생겼다.

첫째. 절대 자리에 앉지 마라.

자리에 앉아서 책을 보면 백이면 백 전부 졸게 되어 있다. 특별히 지하철 안은 잠자기에 너무나도 적당한 온도를 유지하고 있고, 밖에서 나는 반복되는 소리가 마치 자장가로 들리기 때문이다. 그래서 나는 지하철에 아무리 자리가 많이 있어도 절대 앉아서 책을 보는 경우는 없다. 서서 책을 읽는 것도 정말 피곤할 때에는 조금씩 몸을 움직이면서 읽는 것이 큰 도움이 된다. 제자리걸음을 걷는다던가, 아니면 장소를 계속 변경해서 읽는 것이다. 한번은 손잡이를 잡은 상태로 읽고 다음에는 노약자석 앞에 서서 읽는다. 이렇게 자리를 바꿔가며 읽으면 졸음이 사라진다.

둘째. 클래식 음악을 들으며 독서하라.

지하철 안은 매우 조용하다. 그래서 남들이 하는 이야기가 더욱 거

슬릴 때가 있다. 하루는 출근길에 두 아주머니가 이야기를 하는데 비록 큰소리로 이야기 하신 것은 아니지만 책 내용보다 두 아주머니 이야기가 더 기억 남는 경험을 한 적도 있다. 그래서 되도록 책에 더 집중하기 위해서는 클래식과 같은 음악을 들으며 독서하는 것이 좋다. '왜 클래식이냐?' 고 묻는 이들도 있는데 클래식은 집중력을 향상하는데 도움을 준다. 그리고 심적으로도 안정을 줘서 분주하지 않고 차분하게 책을 읽을 수 있도록 큰 도움을 준다.

셋째. 반드시 하차하는 곳 방향으로 서 있어라.

종종 책에 너무 집중한 나머지 내려야 하는 역에서 내리지 못한 적이 많이 있다. 뿐만 아니라 사람이 너무 많아 만원인 경우에는 내리고 싶어도 내릴 수 없는 해프닝이 연출되기도 한다. 그래서 나 같은 경우는 지하철을 타자마자 여유 있을 때 내리는 방향 쪽으로 자리를 잡는다. 그러면 아무리 사람들이 붐비더라도 여유 있게 하차 할 수 있기 때문이다.

이처럼 출근시간을 잘 활용하면 하루의 시작을 알차게 보낼 수 있다. 그리고 직장인인 경우에는 늘 회사 업무에 치어 자신만의 생각을 하기가 어려운데 이렇게 하루를 책으로 시작하면 자신의 생각들을 할 수 있고, 오늘 하루의 삶을 미리 그려볼 수 있다.

책은 틈날 때 읽는 것이 아니라 읽으려고 틈을 만들어 내야 하는 것이다.

"시간이 없어서 책을 볼 수 없어요."

"할 일이 너무나 많아 책은 나중에 볼게요."

라고 하는 말은 전부 잘못된 것이다. 책을 읽고자 하는 마음만 굳게 있다면 어떤 상황에서도 시간을 낼 수 있는 것이다.

이제 막 연애를 시작했다고 하자. 정말 바쁘고 시간이 없다고 애인을 만나러 가지 않을 것인가? 아니다. 무슨 수를 써서라도 시간을 내어 데이트를 할 것이다.

독서도 이와 같다. 본인이 정말 간절히 원한다면 하루에 몇 시간 정도는 낼 수 있다. 특별히 출근 시간과 같이 매일 보장되는 시간이라면 반드시 본인의 것으로 만들어야 한다. 기회는 잡는 사람의 것이라고 하지 않았나. 출근시간은 책을 읽기에 최고의 기회이다. 이 시간을 책을 읽으며 미래를 준비하는 자기계발 시간으로 만들어라.

●

06

가슴 뛰는 독서 목록을 만들어라

독서 목록에 적힌 책들을 한 권씩 읽어나갈 때마다
자신도 함께 성장하고 있다는 느낌이 들 것이다. 사실 그 어떠한 책들도
나랑 안 맞을 뿐이지 좋지 않은 책은 세상에 없다.

한때 이러한 질문이 유행한 적이 있었다.

"당신이 무인도에 가게 된다면 꼭 필요한 3가지는 무엇인가?"

참 재미있으면서도 많은 생각을 하게 되는 질문이다. 내가 가지고
가고 싶은 3가지는 무엇이 있을까. 어렸을 때는 아무 생각 없이 컴퓨
터를 꼭 적었던 거 같다. 전기가 있고 없고를 떠나서 어린 마음에 컴퓨
터 하나면 지루하지는 않을 거 같다는 생각에서였다. 그러나 지금의
생각은 다르다. 보다 현실적으로 생각해서일수도 있겠지만, 나는 책을
꼭 챙겨가고 싶다. 나머지 두 개 역시 책이다. 책 3권이면 나는 무료한
무인도 생활을 어느 정도 견딜 수 있지 않을까라는 엉뚱한 생각을 해
본다.

그렇다면 어떠한 책을 가져가면 좋을까. 책을 선택한다는 것은 매

우 행복한 일이다. 또 다른 세상을 만나고, 또 다른 인물을 만날 수 있기 때문이다. 그것이 양질의 책이라면 더할 나위 없이 좋을 것이다. 그러나 바쁜 시간과 비싼 비용을 들여 읽은 책이 마음에 들지 않거나 재미가 없다면 그것은 곤란한 일이다. 그래서 책을 선택하는데 있어서 실패를 줄이고 도움이 되는 가장 좋은 방법은 가슴 뛰는 독서 목록을 만드는 것이다.

이제 막 독서를 시작한 사람이라면 주변의 사람들에게 도움을 받아 추천 도서를 읽는 것이 좋다. 책을 추천하는 것만큼 어려운 일이 없다. 모든 선물이 그러하겠지만 책은 더더욱 신경이 많이 쓰인다. 책 추천을 받을 사람에 대한 환경과 상황들을 고려해야 하기 때문이다. 그리고 무엇보다 내가 읽지 않은 책을 선물한다는 것은 먹어보지 않은 음식을 맛집이라고 추천하는 것과 같다.

주변에 책을 좋아하고, 책을 열심히 읽는 사람이 있다면 추천을 받는 것이 좋다. 그 사람은 분명 자신보다 더 많은 책들을 읽었기에 좋은 책들을 더 많이 알고 추천해 줄 수 있기 때문이다. 그러나 이렇게 측근들을 활용하여 좋은 책들을 추천 받는 방법도 좋지만, 이것은 장기적으로 봤을 때 그리 좋은 방법은 아니다. 잡아 놓은 물고기를 갖는 것보다 물고기를 잡는 방법을 배워야 하듯, 스스로 좋은 책을 만나는 방법을 찾아야 한다.

한 권의 책을 읽다보면 책이 책을 추천해주는 경우가 있다. 대부분의 저자들은 본인의 생각만으로 한 권의 책을 쓰기가 쉽지 않다. 많은 책들을 읽고 연구하여 책을 쓰는 것이다. 그러다보면 자연스레 다른 책에서 좋은 글이나 문장들을 인용하기도 하고, 때로는 각색하여 글을 쓰기도 한다. 나는 책을 읽을 때 저자가 참고한 책을 이야기 할 때면 반드시 표시를 해둔다. 작가의 삶을 살기 전에는 이러한 것들이 그저 대수롭지 않게 여겼는데 책을 쓰고 있는 지금은 이러한 습관이 얼마나 큰 도움이 되는지 모른다. 참고한 책에 밑줄을 그은 다음 책 귀퉁이를 접거나 포스트잇을 붙여 논다. 그러면 다음에 확인할 때에도 손쉽게 찾아볼 수 있다. 조만간 구입해야 될 책이라면 나만의 독서 목록에 메모를 해두고 구입을 하기도 한다.

　이렇게 꼬리에 꼬리를 물고 연이어서 책이 책을 추천해 주면서 독서에 대한 흥미를 잃지 않고 유지할 수 있는 좋은 방법이 된다. 그렇다고 책속에 있는 책을 다 읽을 필요는 없다. 그 중에서도 자신에게 와 닿는 책을 선택하여 읽으면 되는 것이다. 많은 책들 중에 골라 읽는 재미가 쏠쏠할 것이다.

　또한 책을 읽다보면 관심이 가는 저자를 만나게 된다. 그러면 그 저자의 다른 책도 궁금해지고 그 저자의 책을 연이어 읽어 보고 싶게 된다. 다시 말해 저자의 팬이 되는 것이다. 저자의 모든 것들이 궁금해지고, 또 다른 책에서는 어떻게 얘기하는지 궁금증을 유발한다.

우리 어머니 역시 얼마 전 임원화 작가의《하루10분, 독서의 힘》을 읽고 굉장한 감명을 받아 그녀의 모든 책들을 밤늦게까지 읽는 모습을 볼 수 있었다. 그녀의 책은 술술 읽히고, 무엇보다 3교대 간호사 시절, 힘든 상황에서도 독서를 이어간 모습에 큰 도전을 받으신 듯하다.

나 역시도 소위 한 작가에 꽂히면 그 작가의 모든 책을 섭렵하는 스타일이다. 이지성 작가의 책은 거의 모든 책들을 구입해서 읽었고, 더불어 많은 사람들에게 가장 많이 추천하기도 했다. 그리고 김태광 작가의 책도 마찬가지다. 힘들고 어려운 상황에서도 오직 작가의 꿈을 갖고, 한 길로 가서 38세까지 무려 200권이 넘는 책을 쓰며 기네스북에 오른 사람이다. 하루는 막노동을 하다가 발을 다쳐 더 이상 막노동도 하지 못하는 상황에 처하게 되자 먹을 것이 없어 고시원에서 오랫동안 한 끼도 먹지 못하고 누워만 지냈다는 이야기가 가슴을 아프게 했다. 그러나 그 상황에서도 자신의 꿈을 포기하지 않고 계속해서 책을 써내려간 모습에 매료되어 이후 출간되는 신간들을 거의 모두 읽었다.

이처럼 관심 있는 저자의 책은 이미 검증 되어 깊은 신뢰와 확신이 든다. 그래서 의심하지 않고 책에 몰입할 수 있는 효과를 가져다준다. 물론 모든 책들이 전에 읽었던 책들만큼 큰 만족을 주는 것은 아니다. 처음 본 책이 나에게 큰 울림을 주어 다른 책을 읽어 봤을 때 처음만큼의 울림을 주지 않는 경우도 종종 있었다. 그러나 확실한 건 그러할 확률은 극히 드물다. 대부분 한 번 감동을 준 저자는 그 다음 책에서도 큰 감동을 준다.

　사람마다 관심 있는 분야의 책들이 있다. 나는 삶이 힘들 때는 자기계발서를 위주로 읽으며 삶의 힘을 얻는다. 그 외에도 여행을 가고 싶을 땐 내가 지금 당장은 갈 수 없으니 여행 관련 서적을 읽으며 대리만족을 느끼곤 한다. 주로 처음에는 베스트셀러에서 책의 목록을 정하지만 가끔은 생각했던 것 이하 수준의 책들을 만나기도 한다. 어떻게 이러한 책이 베스트셀러까지 올랐는지 정말 의문이 들며 실망을 한 적이 여러 번 있다. 이것은 지극히 개인적인 생각이기에 그럴 수도 있다고 생각한다.

　그러나 오랫동안 세대를 거쳐 꾸준히 사랑받아왔던 스테디셀러 책은 확실히 위험부담을 줄여 준다. 좋은 책은 시대를 뛰어넘어 많은 사람들에게 큰 영향을 미친다. 그래서 나는 스테디셀러 분야의 책들도 늘 꼼꼼히 살핀다.

　특별히 나는 《논어》나 《이솝우화》같은 고전 책들을 좋아한다. 그리고 최근에는 존 번연의 《천로역정》이라는 책을 다시 구입해서 읽었다. 천로역정은 전 세계적으로 《성경》다음으로 많이 읽히고 꾸준히 사랑받고 있는 책이다. 특별히 신앙인으로서 어떻게 살아야 하고, 어려움을 어떻게 극복해야 하는지에 대해서 쉽고 자세하게 설명되어 있어 읽을 때마다 깊은 깨달음을 얻는다. 이러한 스테디셀러 도서들은 이미 수많은 사람들에 의해 검증되었기 때문에 두고두고 읽어도 전혀 식상하지 않고 반복하여 읽을수록 책의 깊음에 감탄하게 된다.

이외에도 책을 선택하는 방법에는 여러 가지가 있다. 내가 아는 한 사람은 인터넷 사이트에 들어가 베스트셀러이면서도 평이 좋은 책들을 선택하는 사람도 있고, 출판사를 보고 확신하여 구입하는 사람들도 있다.

독서 목록을 만드는 것에는 답이 없다. 그저 다양한 시행착오를 겪으며 본인에게 맞는 방법을 알아가는 것이 좋다.

나만의 가슴 뛰는 독서 목록을 만들어라. 독서 목록에 적힌 책들을 한 권씩 읽어나갈 때마다 자신도 함께 성장하고 있다는 느낌이 들 것이다. 사실 그 어떠한 책들도 나랑 안 맞을 뿐이지 좋지 않은 책은 세상에 없다. 그 어떤 책들도 경청하는 자세와 배움의 마음가짐으로 대한다면 모든 책들이 나의 좋은 스승이 될 것이다.

●

07

먼저 쉬운 책으로 뇌를 워밍업 하라

가벼운 독서를 통해 먼저 뇌 근육을 만들어야 한다.
처음부터 무리하게 시작할 필요는 없다. 가볍게 스트레칭을 하듯 나의 독서근육들을
이완시거주는 워밍업 독서기 우선시 되어야 한다.

요즘 많은 이들이 멋진 몸과 건강한 신체를 위해 운동 하는 모습을 볼 수 있다. 그러나 처음부터 몸에 무리가 되는 운동을 하다가 몸에 이상이 생겨 한동안 운동을 하지 못 하게 되는 이들도 많이 본다. 그러다 보면 운동을 하고 싶어도 할 수 없게 되어 자연스레 운동과 멀어지게 되는 것이다.

사자성어에 과유불급(過猶不及)이라는 말이 있다. 모든 사물이 정도를 지나치면 미치지 못한 것과 같다, 라는 뜻이다. 주변을 보면 처음부터 열정적으로 운동을 시작하지만 그것이 오히려 독이 되는 경우를 보게 된다.

내가 아는 B씨는 바쁜 직장생활 가운데서도 스트레스를 풀고 몸을 건강하게 유지하기위해 스쿼시를 등록했다. 어려서부터 운동은 좋아

했지만 시간이 없어 하지 못하고 있다가 퇴근길에 보니 이벤트 기간이라 파격할인을 진행한다는 문구가 눈에 들어왔다. 플랜카드를 보고 B씨는 집 방향이 같은 직장 동료 한 명과 함께 스쿼시에 등록했다.

B씨는 설렘을 갖고 퇴근하자마자 직장동료와 함께 스쿼시 장으로 향했다. 처음에 몇 가지 기본 동작을 배우고 자유롭게 둘이서 랠리(Rally)를 이어갔다. 운동신경이 뛰어난 둘은 처음 치는 스쿼시였지만 금방 익숙해졌고, 땀이 비 오듯 내려 가볍게 샤워를 하고 개운한 마음으로 집으로 향했다. 그런데 문제는 그 다음날 일어났다. 출근을 하려고 보니 B씨의 다리가 정상이 아님을 느끼게 되었다. 바로 장딴지 근육이 파열 된 것이다. 급한 마음에, 어제 함께 운동했던 직장동료에게 전화해 오늘 출근이 어려울 거 같다고 하니 직장동료 본인도 똑같이 장딴지가 파열되어 지금 파스를 붙이고 병원 문이 열리길 기다리고 있다고 한다.

결국 이 두 사람은 스쿼시를 하루 다녀와서 두 달 동안 병원진료를 받아야 했다.

무엇이든 과함은 아니함만 못하다. 아무리 좋은 것이라 해도 그것이 과하다면 결국 하지 않은 것보다 못한 결과를 초래하게 되는 것이다.

독서도 이와 같다. 처음부터 두꺼운 책이라던가 어려운 책들을 먼저 읽게 되면 책에 대한 거부감과 부담감만 키워주게 된다. 항상 운동을 하기 전에는 스트레칭을 해줘야 하듯 독서를 시작하기에 앞서 먼저 쉽고 흥미 있는 책으로 뇌를 워밍업 해주는 준비운동이 반드시 필요하다.

그렇다면 뇌를 워밍업 해주는 책에는 어떠한 것들이 있을까?

이제 막 독서에 입문한 이들이 책을 추천해 달라고 하면 나는 두 가지를 우선적으로 생각한다.

첫째, 누구나 내용을 공감하며 쉽게 읽을 수 있는가.

둘째, 가독성이 좋아 술술 읽히는가.

나는 이 두 가지를 우선적으로 보고 책을 추천해 준다.

내가 추천하는 책들은 다음과 같다. 우선 처음에는 책을 가까이 할 수 있고, 금방 읽을 수 있는 이지성 작가의 《독서천재가 된 홍대리》를 추천한다. 이 책은 재미있는 스토리를 배경으로 구성되어 있으며, 책을 읽지 않고 살아가는 홍대리가 멘토를 만나 독서에 대해 알아가는 과정들을 소설식으로 풀어간 내용이다. 이 책은 재미와 유익, 그리고 책을 지속적으로 읽게 하는 동기부여를 주기에 이 책을 가장 먼저 추천한다.

그리고 다음으로 내가 성경 다음으로 많이 읽은 책이 있다. 너무 자주 읽어 이제는 겉표지가 너덜너덜 해질 정도다. 그것은 호아킴 데 포세다의 《마시멜로 이야기》이다. 이 책은 선택의 중요성에 대해 말해준다. 지금 당장 편하고 안락한 삶을 살 것인지, 아니면 보다 더 나은 삶을 위해 인내하고 미래를 준비할 것인지에 대해 재미있게 구성되어 있다. 독서에 대해 이제 막 입문한 사람이라면 나는 항상 이 두 권을 먼저 추천한다.

이렇게 입문 도서를 통해 마음의 문을 열면 그때부터 자신이 관심 있는 분야의 책들을 10~20권의 읽는 것이 좋다. 독서를 하며 책과 가까워지는 시간이 필요한 것이다. 독서에 대해 동기부여를 해주는 책이나 여행에 관심이 있는 이들은 여행서적을, 스포츠에 관심 있는 사람들은 스포츠서적을, 연애에 관심 있는 사람들은 연애서적을 먼저 읽음으로서 책에 대한 거부감을 없애고 보다 책과 가까워지는 시간이 필요하다. 독서는 나보다 그 길을 먼저 간 사람들의 이야기를 들음으로서 시행착오를 줄일 수 있고, 다양한 경험들을 간접적으로 체험할 수 있음에 더욱 좋다.

물론 나 역시도 책을 읽다가 포기한 적이 한 두 번이 아니다. 바쁘다는 핑계로 앞부분만 읽다가 덮어버린 적도 많고, 겉표지가 마음에 들어 충동구매로 책을 구입해 놓고 라면 받침대로 사용한 적도 있다.

그러나 이러한 경험이 있다면 당신은 이미 절반의 성공을 거둔 것이다. 이것은 책 읽기에 실패한 경험이 아니라 성공담이 되는 것이다. 비록 시작이 미약하다 할지라도 이것은 창대한 결과를 위한 첫걸음이기 때문이다.

그때 이후로 나는 읽기 쉬운 책이나 나에게 감동이 되는 책들을 우선순위로 읽어 나갔다. 그러다 보니 자연스럽게 책과 가까워지고 책에 대한 거리감이 없어졌다. 마치 친한 친구를 만나 차 한 잔 하듯 독서하는 그 시간이 나에게는 꼭 필요한 시간이 되었다.

　나는 취업을 준비하던 시절에 자기계발 서적을 주로 읽었다. 자신의 분야에서 성공한 사람들의 이야기가 매우 궁금하기도 했고, 이러한 책들을 읽으면 나도 모르게 삶의 희망과 동기부여를 받기 때문이었다. 그러나 책을 한두 권 읽어서는 그때의 감격과 성공마인드를 금방 잃어버리기 쉽다. 다시 책을 읽기 전의 모습으로 되돌아가는 것이다. 분명 책을 읽을 때 까지만 해도 나도 뭔가 이룰 수 있고 목표가 뚜렷하게 보였는데 책이 손에서 멀어지니 나의 꿈과 희망도 점점 멀어지는 듯했다. 그러할수록 나는 더욱 치열하게 독서를 했다. 그러한 책들이 10권이 쌓이고, 20권 이상 쌓여가니 점점 굳은살이 박이듯 나도 모르게 내 안이 성공자의 마인드로 가득 차게 되었다.

　운동을 하면 몸의 근육이 발달하듯 가벼운 독서를 통해 먼저 뇌 근육을 만들어야 한다. 그러한 근육 없이는 제대로 된 운동을 할 수 없기 때문이다. 기초근력 없이 무거운 것부터 들어 빨리 근육을 만들려고 하면 근육 손상은 물론 이제 영원히 운동과는 작별해야 하는 순간이 올지도 모른다. 독서를 할 때도 이와 같다. 처음부터 무리하게 시작할 필요는 없다. 가볍게 스트레칭을 하듯 나의 독서근육들을 이완시켜주는 워밍업 독서가 우선시 되어야 한다. 그렇게 차근차근 하나씩 벽돌을 쌓아올리다 보면 결국 거대한 궁궐이 완성되는 것이다.

가을에 추수를 하기 위해서는 우선 씨앗을 뿌려야 한다. 지금 당장은 열매가 없다 할지라도 멀리 보며 하루하루 성실하게 씨앗을 뿌려야 한다. 중간 중간에 수많은 어려움은 당연한 것이다. 홍수가 날 수도 있고, 가뭄이 들 수도 있고, 벌레가 와서 잎사귀를 먹어버릴 수도 있다. 그렇다고 농사를 포기해 버리면 수확할 확률은 0%가 되는 것이다. 어떠한 상황에서도 계속해서 씨를 뿌리고 잡초를 제거하고 돌봐주면 반드시 추수 때가 오는 것이다.

사실 지금 당장 책을 읽지 않는다고 하여 나의 삶에 큰 지장을 주는 것은 아니다. 또한 오늘 책을 읽는다고 해서 뭔가가 바로 결실로 나타나는 것도 물론 아니다. 오히려 책 읽을 시간에 주변사람들과 즐거운 시간을 보내거나 잠을 보충하는 것이 지금 당장은 효과적이라 생각할 수 도 있다. 그러나 이것만은 확실하다. 지금 미약한 시작이라도 하지 않으면 창대한 결과는 있을 수 없는 것이다. 어찌 씨도 뿌리지 않고 열매를 기대할 수 있겠는가.

일단 시작하라. 시작이 반이라는 말이 있듯이 우선 책을 펼치는 순간 당신의 미래는 이전과 다른 거대한 꿈들로 가득하게 될 것이다.

08

월급의 10%는 자기계발에 투자하라

내 월급의 10분의 1은 반드시 나의 미래를 위해 투자해야 한다.
그것은 달마다 빠지는 보험비나 세금이라고 생각하며 아예 없는 돈이라 생각하라.
그러나 그 10분의 1의 투자가 나를 더 가치 있게 만들어 줄 것이다.

책은 저자의 분신과도 같아서 책을 읽는 다는 것은 저자와 대화하는 것이라 말할 수 있다. 내가 책을 쓰기 전까지는 잘 몰랐으나 이렇게 책을 쓰다 보니 한 권의 책이 나오기 위해서 얼마나 많은 피와 땀이 필요한지 알 수 있었다.

그러나 혹자는 책값의 비용이 비싸다고 한다. 2003년부터 시작한 도서정가제로 인해 더더욱 책을 구입해서 읽는 독자들이 줄어들었다. 두꺼운 책이나 컬러풀한 책 같은 경우 2만원을 넘기도 하지만 대부분 거의 만 원대이다. 커피 한 잔을 마실 때에는 오천 원도 쉽게 사용하고 맛있는 밥 한 끼를 사먹을 때에는 만원도 아깝지 않게 사용하지만 정작 나의 삶의 질을 결정하는 책 한 권의 값으로는 그만한 돈을 지불하기 아까워한다. 우리나라 책값이 정말 비싼 것일까?

한 블러그(http://blog.naver.com/dongnyokpub/40178428835) 글에 의하면
소설《해리포터와 죽음의 성물》양장본을 기준으로 비교한 내용이
있다.

대한민국(인터넷 서점가) - 23,800원

일본 - 3999엔(47,282원)

중국 - 44위안(7,568원)

프랑스 - 37유로(51,893원)

미국 - 20달러(21,133원)

단편적인 하나의 예이기는 하나 위의 조사와 같이 우리나라는 책이
비싸다고 얘기할 수는 없다. 작년 기준으로 우리나라의 직장인의 평균
독서량은 월 2.4권이라고 한다. 술값으로는 월 평균 6만원을 넘게 사
용하면서 정작 본인에게 도움이 되는 책은 3만원도 투자하기를 꺼려
한다. 이뿐인가 책을 읽는 사람들에게 "고지식하다.""글로만 배워서
되겠냐."라는 말들을 한다. 책을 읽는 사람보다 안 읽는 사람이 정상
인 시대를 우리는 살고 있다. 더더욱 현대는 1인당 1개 이상의 스마트
폰을 소유하고 있어 지하철이나 공공장소 어디를 가든 전부 스마트 폰
에만 집중한다.

어느 날 퇴근을 하고 집으로 오는데 한 청년이 스마트 폰에 집중하
여 걸어오고 있었다. 순간 반대편에서 오는 할아버지와 부딪힐만한 상

황에 처했으나 간신이 청년이 피해 충돌은 모면할 수 있었다. 그런데 할아버지가 화가 나셨는지 이어폰을 꽂아 듣지 못하는 청년의 뒤를 향해 "우리나라는 스마트 폰 때문에 곧 망할거야!" 라고 언성을 높이셨다.

그때에는 할아버지가 화가 많이 나셨구나 생각하며 그냥 넘겼었는데 집으로 돌아오는 길에 생각하니 틀린 말은 아니었다. 초고속 사회를 살고 있는 대한민국은 속도에만 관심이 있지 방향과 과정에는 전혀 신경을 쓰지 않는다. 다만 뒤처지지 않게 열심히 달릴 뿐 무엇을 향해 달리는 지는 나중일이 된지 오래다.

우리나라가 정말 바른 길로 가려면 속도보다 방향을 우선적으로 염두하며 살아야 한다. 항상 내가 살아가는 이유는 무엇인지. 내가 직장을 선택하는 이유는 무엇인지. 그것이 정말 내가 하고 싶은 일인지. 아니면 오로지 생계를 위해서만 사는 것인지를 늘 고민해야 한다.

애플의 CEO 스티브 잡스의 자서전을 읽은 적이 있다. 다른 기업들은 무엇을(WHAT), 어떻게(HOW)를 우선적으로 생각하며 물건을 만들지만 스티브 잡스는 항상 왜(Why)에 집중을 한다. 무엇을 시작해도 철학 없이는 하지 않겠다는 것이다. 그것이 미련해 보일 수 있으나 '왜'가 차이를 만들어 결국 세계의 모든 사람들이 애플 상표에 열광을 하는 것이다.

내가 살아가는 이유, 내가 직장을 다니는 이유에 대해서 우리는 끊임없이 생각해야 한다. 그러기 위해서 우리는 다양한 책들을 읽어, 보다 생각의 폭을 넓히고, 끌려가는 생각이 아닌 이끄는 생각의 힘을 길러야 할 것이다.

현대시대는 인터넷 쇼핑몰이 잘되어 있어서 물건을 주문하면 다음 날 배송은 물론 당일에도 배송이 가능하다. 환불이 가능해 무지건 구입해보고 마음에 들지 않으면 환불하는 것이 당연한 문화에 살고 있다. 내가 아는 L양은 자신의 월급 80%를 신상 물건을 구입하는데 사용한다. L양 뿐만 아니라 요즘 현대인들은 지금 당장 눈앞에 급한 것을 향해 나아간다. 세상은 계속해서 변화하고 바뀌기 때문에 이에 맞춰 살아가다보면 결국 정체성의 혼란을 느끼며 살아가는 것이다.

인간은 무엇이든 한 가지 이상에 빠지게 되어있다. 그것이 술, 담배, 도박, 마약, 음란물 같은 것이든 우리는 반드시 한 가지 이상에 빠져 그것에서 헤어 나오지 못하고 있다.

그러나 기왕 빠질 거면 본인에게 득이 되고 많은 이들에게 도움이 되는 것에 빠지기를 권한다. 나는 자기계발에 빠지라고 말하고 싶다. 자기를 계발하는 것은 단기적으로는 본인에게 이익이 되지만 멀리 보면 그러한 것들이 쌓여 국가에 도움이 되고 나와 같은 길을 가기 원하는 많은 사람들을 도울 수 있기 때문이다.

나는 직장생활을 하면서 많지 않은 월급의 10% 이상은 반드시 자기계발에 투자한다. 작년 가을, 잠복결핵으로 인해 너무나도 독한 약을 몇 달 동안 복용한 적이 있다. 이 약은 너무나 독해서 약을 복용하면서 몸도 많이 약해졌으며, 피부 트러블이 너무 심하게 일어났다. 심신이 나약해져만 가는 내 자신의 모습을 보는 게 괴로울 정도였다. 그래서 생각한 것이 헬스였다. 사실 헬스는 오래전부터 다니기는 했지만 헬스장에 간 날 보다 안간 날이 더 많을 정도로 열심히는 하지 못했다. 그러나 건강이 안 좋아지다 보니 절박함이 생겼고 꾸준히 다니기 위해서는 뭔가 결단이 필요했다. 그래서 난생처음으로 PT라는 것을 받았다. 직장인인 나로서는 큰 금액이었지만 이렇게 투자를 하지 않으면 다시 전처럼 몇 번 나가다 포기할거 같았다. 그래서 트레이너에게 전문적인 1:1 코치를 신청했다. 확실히 효과는 컸다. 체력이 점점 좋아지는 것은 물론 매일 땀을 빼니 몸에 안 좋은 독소들이 땀으로 분출되어 피부도 매우 좋아졌다. 그리고 군살들이 없어지고 점점 근육이 자리를 잡아 가니 운동에 더욱 매력을 느껴 지금도 열심히 다니고 있다. 그러나 헬스를 꾸준히 하며 가장 큰 효과는 역시 나의 의식성장 이었다. 하루의 삶이 기대가 되고 긍정적인 생각들이 넘쳐나게 되었으며 삶에 자신감이 생겼다.

독서도 이와 같다. 독서만큼 훌륭한 자기계발은 없다고 나는 확신한다. 세상의 모든 독서가들이 성공한 것은 아니지만, 세상의 모든 성공 자들은 무서운 독서광이었다.

"하루하루 살아내기도 힘들고 먹고 살기도 바쁜데 책은 무슨 책이야!"라고 하는 사람들도 있겠지만 그러한 사람일수록 더욱 책과 가까워져야 한다. 책은 삶의 여유를 주고 하루를 이끌어갈 수 있는 힘을 준다. 지금 당장은 보이지 않아도 내 속에 무한한 잠재력이 자라고 있는 것이다.

중국의 극독지방에서만 나는 모소대나무는 대나무과의 희귀종이다. 이 나무는 다른 나무들과는 달리 4년이 지나도 불과 3cm밖에 자라지 못한다. 그러나 5년째 되는 날부터 하루에 무려 30cm 넘게 자라기 시작한다. 그렇게 6주 만에 15m이상 자라게 되고, 순식간에 울창한 대나무 숲을 이룬다. 4년 동안은 고작 3cm의 성장에 불과했던 모소대나무는 바로 1년 뒤 폭발적인 성장을 하게 되는 것이다. 그럼 왜 4년 동안은 3cm밖에 자라지 못했던 것일까. 그것은 4년 동안 땅속에 수백 제곱미터에 이르는 뿌리를 키워왔기 때문이다.

책을 읽는다고 바로 당장 눈앞에 내 삶이 달라지는 것은 아닐 수 있다. 그러나 계속해서 책을 읽고 자기계발에 투자 한다면 당장은 성장하는 것처럼 보이지 않겠지만, 그 내면에는 아주 깊고 단단한 뿌리를 내리게 되는 것이다. 그리고 때가 되면 상상하지도 못했던 엄청난 결과로 나타난다. 자기계발이란 성장하지 않는 것이 아니라 내 안에 뿌리를 내려 보다 높고 보다 멀리 뻗어 갈 수 있는 근원이 되는 것이다.

내 월급의 10분의 1은 반드시 나의 미래를 위해 투자해야 한다. 그
것은 달마다 빠지는 보험비나 세금이라고 생각하며 아예 없는 돈이라
생각하라. 그러나 그 10분의 1의 투자가 나를 더 가치 있게 만들어 주
고, 나의 꿈에 더욱 가까이 그리고 더욱 빨리 도달할 수 있게 만들어
줄 것이다.

돈을 아끼려 하지 말고 세월을 아껴라.

[제 4 장]

생각당하지 않고 생각하게 만드는
새벽독서법

66

삶의 질을 결정하는 것은 환경적인 요소가 아닌
바로 나의 의지와 마인드컨트롤이다. 수면의 '데드라인'을
어떻게 정하느냐, 어떤 생각으로 잠자리에 드느냐에 따라
나의 수면의 질이 달라지는 것이다.

99

하루 4시간 반 수면법

내 잠을 컨트롤 하지 못하면 늘 패배의 마인드로
억지로 살아가는 인생을 살아갈 수밖에 없다. 잠을 줄여 남은 시간을
자기계발에 힘써 보다 활기찬 하루를 살아야 한다.

주변에 많은 사람들이 내가 새벽에 독서를 한다는 이야기를 듣고 수면시간이 얼마나 되는지 종종 물어 보곤 한다.

"하루에 몇 시간이나 잠을 자나요?"

"몇 시에 자서 몇 시에 일어나나요?"

나는 하루 4시간에서 4시간 반 정도 잠을 잔다. 그러면 다들 놀라며 내게 다시 묻는다.

"그 시간만 자고도 생활이 가능해요?"

"하루 종일 피곤할 텐데 어떻게 일을 하나요?"

많은 이들이 잠은 오래 자면 잘수록 덜 피곤하고 개운한 상태로 하루를 시작할 수 있다고 굳게 믿는다. 누가 얘기해 주지 않았음에도 그것이 진리인 듯 말이다. 그러나 그것은 잘못된 오류이다. 잠을 많이 자

면 잘수록 잠에 몸이 적응을 할 뿐 잠의 양과 피곤함은 생각보다 크게 연관성이 없다. 다만 잠의 질이 더욱 큰 연관성이 있다.

당신도 어느 날 이러한 경험을 한 적이 있을 것이다.

"어? 잠을 많이 잤는데 왜 이렇게 피곤하지? 역시 나는 잠이 더 필요한가봐."

반대의 경우도 있다.

"별로 많이 잔거 같지 않은데 오늘은 엄청 개운하네?!"

아무리 오랜 시간 잠을 자도 잠의 질이 나쁘다면 그것은 오히려 몸을 더 피곤하게 만들고 나의 수면시간을 늘려줄 뿐이다. 수면시간이 늘어나 항상 그 시간 이상으로 잠을 자지 않으면 피곤하게 되어 악순환의 연속이 이어지는 것이다.

그렇다면 수면의 질을 높여주는 방법은 무엇이 있을까?

나는 이것을 '얼리(early)3법칙' 이라고 이름을 붙였다. 이 세 가지 법칙만 지킨다면 새벽에 일어나는 것에 누구나 도전할 수 있다. 이 법칙은 오랜 경험 끝에 내가 발견한 법칙으로서, 당연하면서도 중요한 3가지 요소이다.

첫째. 일찍 자야 한다.

이것은 누구나 알면서도 잘 지켜지지 않는 것이다. 현대인들은 야근문화에 어쩔 수 없이 노출 되어 있기에 일찍 잠들기 원해도 잠들 수 없는 환경에 살아가고 있다. 하지만 새벽을 깨우기 원한다면 밤 문화를 거절할 줄 알아야 한다. 컵에 맛있는 음료를 따르려면 그전에 담긴 물은 버려야 하지 않겠는가. 정말 필요하고 중요한 약속이 아니라면 더 가치 있는 삶을 살기위해 거절할 줄도 알아야 한다. 가만히 자신을 뒤돌아보자. 본인이 원해서 나가는 약속이 많은가, 아니면 어쩔 수 없이 끌려 나가는 약속이 더 많은가. 밤에 있는 약속들이 나에게 긍정적인 효과를 주는가, 아니면 부정적인 효과를 더 많이 주는가를 생각해보자.

생각 없이 끌려가는 약속이라면 나의 보다 더 나은 내일을 위해 거절하라. 그리고 일찍 잠들어라. 잠을 일찍 자고 싶어도 불면증으로 잠이 잘 오지 않는다면 효과 100점인 특효약이 있다. 그것은 바로 책이다! 책은 마음의 평안을 주고 긴장을 풀어주는 역할을 한다. 그래서 잠자리에 들기 전 책을 읽으면 생각보다 쉽게 잠을 청할 수 있을 뿐만 아니라 다음 날 일어날 때에도 보다 행복한 마음으로 기상할 수 있다.

둘째. 일찍 먹는다.

적어도 잠자기 4시간 전에는 아무것도 먹지 마라. 사실 이것만 지켜도 잠의 질은 크게 올라간다. 나는 보통 11시에 침대에 눕는다. 잠을 자려면 7시 이후에는 물을 제외한 그 어떤 것도 먹지 않으려 노력한다. 가끔 어쩔 수 없는 식사자리가 있을 때에는 조절해서 채소 위주의 음식을 먹으려고 '몸부림'을 친다. 그러면 확실히 다음날 속이 편하고 일어나는 것도 가볍다.

인간이 잠을 잘 때에 장은 쉬지 않고 계속해서 일을 한다. 그런데 이렇게 음식들이 늦은 시간에 뱃속으로 들어간다면 장은 오늘도 야근 근무를 하며 쉬지 못한다. 그러면 그것이 스트레스가 되어 온몸이 피곤하게 되는 것이고, 몸은 몸대로 상하게 된다. 나 역시 늦게 까지 일을 할 때에 야식을 먹는 것이 낙이었던 때가 있었다. 그런데 야식을 통해 몸은 안 좋아질 대로 안 좋아졌고 이마에 여드름이 너무 많이 나서 따로 치료를 받으며 약까지 먹어야 했다. 그러나 야식을 절제하고 잠자리에 들기 전에는 물 위주로만 마시니 이것만으로도 다시 피부가 회복되는 것을 경험할 수 있었다. 그리고 저녁밥을 일찍 먹는다면, 내가 힘겹게 새벽을 깨우려 하지 않아도 제 시간만 되면 몸이 스스로 깨어나는 신기한 체험을 하게 될 것이다.

셋째. 노는 것을 일찍 마무리해야 한다.

잠자기 직전 미디어에 나를 노출하지 마라. 요즘은 SNS가 너무나 잘 되어 있어서 너도나도 하나 이상의 SNS로 소통하고 있다. 그리고 대부분의 사람들이 잠들기 직전까지 올라온 글들을 확인하고 글을 작성하는 것에 습관이 되어 있다. 그냥 무심결에 휴대폰을 만지며 혼자만의 시간을 갖는 것을 아무렇지 않게 여기며 살아간다.

뿐만 아니라 TV에서는 꼭 재미있는 드라마나 예능프로그램을 저녁 늦은 시간에 배치한다. 가장 많은 사람들이 시청하는 시간대이기 때문이다. 그러나 이렇게 미디어에 나를 노출하다 보면 나의 눈은 굉장히 피로해질 뿐더러 본인은 잠을 자더라도 뇌는 잠을 자지 않고 끊임없이 일을 하게 된다. 그 여운이 오래가기 때문이다.

나의 아버지는 늘 밤늦게까지 TV를 보는 게 습관화 되어 있다. 퇴근하시고 집에 들어오시면 옷을 갈아입기도 전에 TV를 먼저 켜신다. 늦은 시간까지… 아니 잠이 들 때까지 소파에 앉아 TV를 보신다. 그러다 보니 늘 아침마다 피곤해 하시며 일어나는 것을 힘겨워 하신다. 그러나 시간을 정해서 볼 프로그램만 보고 방에 들어가 주무시는 날에는 누가 깨우지 않아도 일찍 일어나시는 모습을 볼 수 있었다.

새벽을 깨우기 위해서는 전날부터 준비를 해야 한다. 어쩌다 새벽을 깨울 수는 있어도 준비 없이 꾸준한 결과가 나올 수는 없다. 정말로 새벽을 깨우고 싶다면 일찍 자라. 그리고 일찍 먹고, 적어도 잠자기 1시간 전에는 스마트폰, TV, 컴퓨터와는 떨어져 나의 뇌에게 잠잘 시간임을 인식시켜줘라.

수면에는 두 가지 종류가 있다. 흔히 말하는 꿈을 꾸는 시간인 '렘(REM) 수면'(얕은 잠)과 거의 꿈을 꾸지 않는 '논렘(non-REM) 수면'(깊은 잠)

이다. 렘 수면과 논렘 수면의 주기는 90분 간격으로 돌아간다. 좀 쉽게 말해보자. 얕은 잠과 깊은 잠 둘 다 모두 필요한데 이것이 90분 주기로 반복된다. 그러면 1시간 30분, 3시간, 4시간 30분 단위로 주기가 돌아가는 꼴이 되는 것이다. 그렇다면 3시간만 잠을 자고도 괜찮을까? 결론부터 얘기하자면 '아니다.' 한 논문(Sleep: Effects of a Restricted Regime)에 의하면 수면 시간이 3시간 이하일 경우 계속해서 업무에 실수를 저지르는 경우가 눈에 띄게 많아졌다고 한다.

그렇다면 '인간의 수면 시간을 어디까지 줄일 수 있는 것인가?' '업무에 지장을 주지 않을 수 있는 수면의 데드라인은 몇 시간인가?' 라는 의문이 생긴다. 이 논문에 의하면 인간의 하루 최소수면 양은 4시간 반이라고 한다. 이 시간만 지키면 하루 일과를 보내는데 무리가 없는 것이다.

그러나 중요한 것이 하나 빠졌다. 그것은 시간마다 수면의 질이 다르다는 것이다. 밤 11시에 잠들어 새벽 3시에 일어나는 것이 새벽 1시에 잠들어 아침 5시에 일어나는 것보다 훨씬 잠의 질이 좋다. 동일하게 4시간 잠을 자는 것 같지만 저녁 11시에서 새벽 2시 사이에 잠을 청할 때에 가장 깊은 잠을 잘 수 있다.

아직도 새벽은커녕 아침에 일어나는 것도 힘겨워 죽지 못해 일어나는 삶을 살고 있는가. 늘 잠이 부족하다고 불평불만하며 '잠이라도 원

없이 자는 것'을 꿈꾸며 살아가고 있는가.

　내 잠을 컨트롤 하지 못하면 늘 패배의 마인드로 억지로 살아가는 인생을 살아갈 수밖에 없다. 잠을 줄여 남은 시간을 자기계발에 힘써 보다 활기찬 하루를 살아야 한다. 당신이 잠든 사이에 수많은 이들은 벌써 미래를 준비하며 행복하게 살고 있다.

　세상의 꿈을 이룬 성공자들은 절대 잠을 자며 꿈을 꾸지 않는다. 꿈을 이루고 싶다면, 성공자의 삶을 살고 싶다면 나의 수면시간을 컨트롤하여 매일 매일 상쾌하고 효율적인 하루를 맞이하기 바란다.

•

읽은 내용을 많은 사람들과 공유하라

내가 읽은 내용을 공유함으로 더욱 멀리, 더욱 탄탄히 가는 인생이 되길 바란다.
지금 당장 작은 것이라도 글로 옮겨보라. 그리고 많은 이들과 공유하라. 작은 행동 하나로
생각지도 못한 큰 파급 효과가 일어날 것이다.

지하철을 타면 현대인의 필수품인 스마트 폰을 보며 출퇴근 하는
이들이 많다. 전부 고개를 푹 숙이고 스마트 폰에 집중하는 모습을 보
면 얼마 전에 본 영화 '부산행'에 나오는 좀비가 연상 될 정도로 좀 무
섭기도 하다. 나 역시도 스마트 폰을 소유하고 있지만 되도록 이면 시
간을 정해두고 사용하려 한다. 그렇지 않으면 다양한 정보들이 꼬리에
꼬리를 물고 홍수 같이 쏟아져서 한두 시간은 우스울 정도로 금방 지
나가 버리기 때문이다. 정말 시간을 도둑맞는 느낌이다. 그러나 스마
트 폰도 잘만 활용한다면 큰 효과를 볼 수 있다.

나는 매일 하루 중 감사했던 일들을 세 가지씩 기억하여 일기를 쓴
다. 그러나 종이에 쓰는 일기가 아닌 나의 블로그와 카페에 글을 올린
다. 아무리 바쁘고 특별한 일이 없다 할지라도 반드시 세 가지 이상씩

은 꼭 적는다. 이것은 나 혼자만 보는 것이 아닌 많은 이들과 함께 공유하는 내용이라 최대한 객관적으로 누구나 이해할 수 있도록 적으려고 한다. 내가 감사 일기를 시작한 것은 미국의 '토크쇼의 여왕' 이자 '미국인이 가장 존경하는 인물' 로 알려진 오프라 윈프리이 자서전을 읽고 난 후이다.

오프라 윈프리는 지독하게 가난한 미혼모에게 태어나 어머니의 품이 아닌 할머니 손에서 자랐다. 그녀는 그곳에서 9살 때 친척 오빠와 오빠친구들에게 성추행을 당하기도 했으며, 14살 때 임신을 하게 되었는데 그 당시 아빠가 누군지도 알지 못할 정도로 방탕한 삶을 살았다. 출산을 했으나 그 아기가 2주 만에 죽는 아픔도 겪었다. 그 충격으로 가출해 마약 복용으로 매일을 지옥 같은 삶을 살았다. 그러던 그녀에게 인생의 방향을 깨닫게 해준 것이 있었는데 그것이 바로 하루에 세 가지씩 적는 감사 일기였다. 감사일기의 내용은 거창하거나 화려하지 않고 지극히 일상적인 것들로 채워 나갔다.

'오늘도 아프지 않고 잠자리에서 일어날 수 있어서 감사합니다.'
'점심때 맛있는 스파게티를 먹게 해 주셔서 감사합니다.'
'좋은 책을 읽었는데 그 책을 써준 작가에게 감사합니다.'

그녀는 감사 일기를 통해 힘들고 어려운 상황에서도 감사하는 습관을 만들 수 있었다.

그렇다. 감사 일기는 감사 할 수 없는 상황에서도 감사할 수 있는 힘을 준다. 뿐만 아니라 내 주변의 사소한 것들도 감사하게 되어 감사할 일들이 넘치게 되는 것이다.

나 역시 하루에 세 가지씩 감사 일기를 쓰기 시작하면서 힘들고 어려운 고난의 시기를 멋진 스토리로 변화 시킬 수 있었다. 그리고 작은 것에도 크게 감사하는 습관을 들일 수 있었다.

나는 작년에 너무나 많은 업무들과 쉼 없는 봉사로 인해 몸이 지칠 때로 지쳐있었다. 그 가운데 면역력이 약해져 잠복 결핵에 걸리게 되었다. 6달 동안 매일 아침 점심 저녁으로 약을 먹어야 하는데 그 약이 너무나 독하여 약을 먹고 나면 거의 반 수면상태로 몇 시간을 보내야 했다. 그리고 약을 복용하며 피부에 트러블이 심해지더니 나중에는 보기 흉할 정도로 이마에 수많은 뾰루지가 나기 시작했다. 몸은 결핵약으로 더 피곤해지고, 점점 자존감 없는 삶을 살게 되었다.

그러나 이러한 상황에서도 나는 감사하기로 했다. 우선, 그냥 결핵이 아닌 잠복 결핵이라 전염성이 없어 출근을 할 수 있음에 감사했다. 나의 수업을 기다리는 아이들에게 실망을 주지 않은 것만으로도 나는 큰 감사제목이 되었다. 또한 나는 이 때부터 운동을 체계적으로 시작했다. 몸이 약해진다고 그냥 쉬기만 하면 더더욱 악순환이 이어질 거 같아 헬스장에 가서 처음으로 PT를 신청하여 한 달 동안 전문적인 트레이너에게 훈련을 받았다. 전에는 돈이 아까워 생각지도 못했지만 보다 건강한 몸과 마음을 갖기 위해 시작하게 된 것이다. 매일 열심히 배워서 지금은 트레이너가 없이도 나름 몸짱⑦을 유지하며 살아가고 있다. 그렇게 몸이 건강해지니 옷을 입을 때에도 보다 센스 있고 자신감 넘치는 옷을 입게 되어 자존감이 높아졌다. 그 외에도 주변사람들이 내가 결핵약을 먹는 것을 알고 측은히 여기셨는지 큰 도움을 주어서 바쁜 연말을 잘 마무리 할 수 있었다.

그렇다. 아무리 자신에게 안 좋은 일이 생기더라도 감사일기로 감사하는 능력을 키우게 된다면 그 어떤 어려움도 감사한 일로 전환될 수 있다. 자신의 삶을 되돌아 봤을 때 감사보다 불평과 불만이 더 많다면 지금이라도 감사 일기에 몇 자 적는 것을 추천한다. 감사 일기에는 나의 부정적인 세포를 긍정적인 세포로 바꿔주는 놀라운 힘이 있다. 감사일기 하나로 나의 뇌에 '감사의 굳은살' 을 새기는 것이다.

뿐만 아니라, 나는 책을 읽으며 좋은 문구들과 가슴을 뛰게 했던 내용들을 체크해 뒀다가 블로그와 카페에 요약 글을 올리고 있다. 그러면 나의 글을 읽고 많은 분들이 댓글이나 쪽지로 잘 보고 있다는 응원의 답변을 해준다. 가끔씩은 나와 같은 책을 읽고 본인의 생각을 적어서 주시는 분들도 있다. 결국 이렇게 읽은 내용을 많은 사람들과 공유함으로서 책을 세 번 이상 읽는 효과를 거두게 된다.

우선 책을 읽고 정리를 하면서 다시 한 번 체크해 둔 부분들을 읽게 된다. 그러면 처음 읽었을 때와는 또 다른 감동을 받게 되고 '어?! 이런 내용도 있었어?' 라고 할 만큼 전에는 그냥 넘겼던 부분들이 새롭게 가슴에 다가온다. 분명 정독해서 읽었다고 생각을 했었는데 다시 한 번 보니 또 다른 느낌을 주는 경우가 많았다. 그리고 그러한 부분을 정리하여 글로 적는다. 거기에는 나의 생각도 함께 적는다. 그럼으로써 나는 다시 한 번 책을 깊이 이해하게 되는 것이다. 분명 같은 문장인데 처음 읽었을 때와 달리 새롭게 다가오는 것이다. 많은 분들의 댓글을 통해서도 더 풍성한 생각들과 아이디어들을 공유할 수 있다. 같은 책을 보고도 생각하는 것이 모두 다르기 때문에 나의 생각의 폭은 더욱 확장되는 효과가 있다.

카바사와 시온이 쓴 《나는 한 번 읽은 책은 절대 잊어버리지 않는다》라는 책을 보면 10년이 지나도 기억하는 독서법에 대해 나와 있다.

첫째. 책을 읽을 때 메모하고, 형광펜으로 밑줄을 긋는다.
둘째. 책을 읽고 리뷰를 쓴다.
셋째. 타인에게 책을 소개하거나 이야기 한다.
넷째. 감상 글, 깨달음, 책 속의 명언을 SNS에 공유한다.

책을 보며 인풋만 할 것이 아니라 계속해서 아웃풋을 진행한다면 평생 읽은 책을 나의 것으로 만들 수 있고 나의 자산으로 채울 수 있다. 뿐만 아니라 많은 사람들과 함께 나누기에 더 많은 이들의 삶을 윤택하게 해줄 수 있는 것이다.

현재 나는 글을 쓸 때에도 전에 읽고 정리해 두었던 블러그나 카페를 종종 들어가 본다. 마치 보물창고처럼 나의 지난 기억들을 언제든지 끄집어 낼 수 있어 많은 도움을 받고 있다. 지금은 시작한지 얼마 안 되어 몇 권에 불과한 내용이지만 시간이 지날수록 이자가 붙는 것처럼 나의 지난 지식들은 엄청난 파급효과를 불러일으키리라 믿는다.

나비효과에 대해 들어본 적이 있는가? 중국 베이징에 있는 나비 한 마리가 날개를 한 번 퍼덕인 것이 대기에 영향을 주고, 또 이 영향이 시간이 지날수록 증폭되어, 시간이 흐른 후 미국 뉴욕을 강타하는 허리케인과 같은 엄청난 결과를 가져온다는 이야기에서 비롯되었다.

'작은 일 하나가 엄청난 결과를 일으킨다.' 는 의미로 쓰이는데 읽은 내용을 많은 이들과 나누는 것이 바로 이와 같은 나비효과를 일으킨다.

'빨리 가려면 혼자가고 멀리 가려면 함께 가라' 는 말이 있다. 이와 같이 계속해서 성장하고자 한다면 다른 사람들과 함께 가야 한다. 내가 읽은 내용을 공유함으로 더욱 멀리, 더욱 탄탄히 가는 인생이 되길 바란다.

지금 당장 작은 것이라도 글로 옮겨보라. 그리고 많은 이들과 공유하라. 작은 행동 하나로 생각지도 못한 큰 파급 효과가 일어날 것이다.

나는 책을 읽으며 좋은 문구들과
가슴을 뛰게 했던 내용들을 체크해 뒀다가 블로그와 카페에
요약 글을 올리고 있다.

●

중요한 문장 베껴 쓰기

여백을 활용하여 메모하고, 포스트잇을 활용하여
중요한 부분을 표시하고, 책을 깨끗하게 사용하여 남 주지 말고,
더럽고 지저분하게 사용하여 내 것으로 온전히 흡수하라.

책은 많이 읽는 것이 좋을까? 아니면 단 한권이라도 제대로 읽는 것이 좋을까? 주변에서는 책을 많이 읽는다고 자랑하듯 이야기 하는 사람들이 꼭 있다. 그러나 내가 봤을 땐 책을 전혀 읽지 않은 사람과 크게 달라 보이지 않는다. 그렇다면 도대체 무엇이 문제인 것인가.

세종대왕의 독서법을 보면 백독백습이라 하여 한 권의 책을 백번 읽고 백번 썼다고 한다. 다시 말하면 완전히 책을 본인의 것으로 만들기 위해 부단히 노력했음을 알 수 있다. 책을 읽는다는 게 마치 한 권을 빨리 읽고 해치우려고 한다면 그것은 참된 독서가 아니다. 나 역시도 책을 처음 읽을 때에는 그저 많이 읽는 것이 좋은 것인지 알고 페이지를 넘기는데 바빴던 때가 있었다. 그러나 결국 남는 것은 아무것도 없고, 그저 책장에 책만 쌓여갔다.

그렇다면 책을 제대로 읽는 방법에는 무엇이 있을까?

나는 책을 완전히 자신의 것으로 소화하는 네 가지 방법을 소개하려 한다.

첫째. 책에 밑줄을 그어가며 더럽게 읽어라.

많은 사람들이 책을 읽기 시작했을 때 책을 처음 산 그대로 보존하기를 원하는 이들이 있다. 그래서 책을 볼 때도 책 전체를 확 펴서 읽지 않고 조심스럽게 펴서 읽는 사람도 있다. 그러나 그것은 독서라고 하기 보다는 책을 관찰하는 것에 불과하다. 한 권의 책을 본인의 것으로 만들기 위해서는 과감하게 책을 더럽힐 필요가 있다. 그래서 독서하기 위해서는 반드시 책을 구입해서 읽어야 한다. 그렇지 않고 도서관에서 빌려서 읽는 다면 책을 온전히 자신의 것으로 흡수하기 어렵다.

밑줄을 그으며 읽는 다는 것이 사실 처음에는 어렵고 번거로울 수 있다. 그러나 이것이 습관이 되면 한 권의 책에서 많은 것을 얻을 수 있다. 그래서 나는 책을 읽을 때 반드시 색깔 볼펜을 함께 들고 책을 읽는다. 그러면 읽다가 이곳은 내가 나중에 다시 읽어봐야겠다고 생각드는 부분들은 어김없이 밑줄을 긋는다. 그리고 밑줄 그은 부분을 표시하기 위해 책 귀퉁이를 함께 접는다. 그러면 나중에 이 책을 다시 읽을 때 시간을 절약할 수 있을 뿐만 아니라 집중해서 읽을 수도 있으니 일석삼조 이상의 효과를 볼 수 있다.

둘째. 책의 여백을 활용하여 읽어라.

책을 쓰기 전에는 사실 나 역시도 책을 깨끗하게 사용하는 편이었다. 그러나 책을 쓰면서 한 가지 더 좋은 습관이 생겼다. 그것은 바로 책의 여백을 나의 생각들로 마음껏 더럽히는 것이다. 책을 읽다보면 순간순간 좋은 아이디어들이 떠오르곤 한다. 책 내용과 관련된 아이디어일 수도 있고, 전혀 관계없는 아이디어가 불쑥 튀어나올 때가 있다. 그러한 아이디어를 나중에 생각하려면 이것만큼 곤욕스러운 것이 없을 정도로 잘 떠오르지 않는다. 그러나 이렇게 책 곳곳에 메모를 해두면 나중에 기억을 되새길 때 큰 도움이 될 뿐만 아니라, 책을 쓸 때에 나의 생각 위주로 정리한 것들을 그대로 옮겨 적어도 많은 분량의 내용이 나온다.

책의 여백을 활용하여 메모 한다는 것이 처음에는 쉽지 않다. 특별히 혼자서 자리에 앉아 책을 읽을 때에는 크게 상관없지만, 지하철이나 거리에서 읽을 때에는 사실 쉽지 않고, 시간도 많이 소모된다. 그렇지만 이러한 메모습관이 체질화 된다면 이것보다 더 값어치 있는 습관은 없을 것이다.

셋째. 포스트잇을 활용하며 읽어라.

포스트잇을 활용한 것은 나도 최근에 들인 습관이다. 책을 쓰다 보니 분명 어디서 좋은 문구를 봤는데 찾기가 너무나 어렵고 시간이 오래 걸렸다. 그러나 포스트잇을 활용해 내가 체크했던 부분들을 분야별로 표시를 해두면 나중에 꺼내 쓰기가 수월하다. 예를 들어 책을 읽다가 새벽에 관련된 좋은 글이 있으면 포스트잇에 '새벽'이라고 표시를 해두고 붙여 놓는 것이다. 그러면 시간이 지나 나중에 새벽에 관련된 글을 찾으려 할 때 손쉽게 찾을 수 있는 장점이 있다. 책 읽을 시간도 부족한데 포스트잇까지 활용하려면 쉽지 않다. 그러나 확실히 이렇게 포스트잇을 활용해 체크를 해두면 지금 당장은 시간이 좀 더 걸릴지 몰라도 나중에 오히려 두고두고 손쉽게 다시 찾을 수 있기에 나는 오히려 포스트잇을 활용하는 방법이 시간을 버는 습관이라고 생각한다.

넷째. 중요한 문장을 베껴 쓰며 읽어라.

이것은 사실 책을 자신의 것으로 흡수하기 위한 고난위도의 방법이다. 나는 보통 인문학과 같이 어렵고 이해하기 힘든 책들을 이렇게 베껴 쓰며 읽는다. 그러면 눈으로 읽고, 손으로 쓰며 또 읽고, 다시 한 번 쓴 글을 말로 읽으면 웬만큼 어려운 내용이라 하더라도 이해가 잘 되곤 한다. 그리고 글을 따라 쓰다보면 확실히 필력이 느는 것을 확인 할 수 있다.

아무리 글을 잘 쓰는 사람들도 자신만의 틀에서 벗어나 글을 쓰는 것이 어렵다. 보통 평균적인 사람들이 사용하는 단어는 2,000가지가 넘지 않는다고 한다. 사용하는 문장 역시 자신이 주로 사용하는 것들을 반복하여 쓴다. 대부분의 사람들은 그 틀을 벗어나기가 매우 어렵다. 그러나 이렇게 다른 사람들의 글을 베껴 쓰고, 옮겨 적는다면 같은 패턴의 글이 아닌 다양하고 풍성한 글로 표현 할 수 있다.

물론 베껴 쓰기를 시작한다고 해서 필력이 바로 좋아지지는 않을 수 있다. 나 역시도 유명한 작가들의 책들 중에 가장 와 닿는 부분을 골라 한 꼭지씩 옮겨 적은 적이 있다. 정말 인내의 시간이었다. 지금 당장 결과가 보이는 것도 아니고, 내가 잘 하고 있는 것인가 라는 의문이 들기도 했다. 그러나 이러한 것들이 쌓이고 쌓이다 보니 결국에는 나도 모르게 그들의 필력을 닮아가게 되었다.

외국어를 배울 때에도 아무리 유학을 간다 해도 그곳에서 한국유학생들끼리만 지낸다면 절대 영어가 늘 수 없다. 차라리 한국에서 외국인들과 자주 접하는 것이 더 회화 능력을 키우는 데 도움이 될 것이다. 글을 쓰는 것도 이와 같다. 본인이 정말 좋아하는 작가처럼 글을 쓰고 싶다면 그 작가의 글을 반복하여 베껴 쓰며 자신의 필력으로 소화해야 한다. 베껴 쓸 때에 글씨를 예쁘게 잘 쓸 필요는 없다. 그 작가의 글쓰기 철학과 패턴들만 흡수해도 상당한 글쓰기의 고수가 되어 있을 것이다.

가끔은 내가 책을 읽고 있지만, 글자를 눈으로 읽는 것에 불과할 때가 있다. 책을 빨리 읽어야 한다는 마음에 책장을 급하게 넘기다보면 바로 앞의 내용도 전혀 기억에 남지 않을 때가 종종 있다. 바쁜 시간을 쪼개어 읽는 독서인데 기억에 남지 않는다면 이것은 시간만 낭비하는 결과로 이어지는 것이다.

그러나 책을 읽을 때 중요한 문장에 밑줄을 긋고, 여백을 활용하여 메모하고, 포스트잇을 활용하여 중요한 부분을 표시하고, 중요한 문장을 베껴 쓰는 것들이 익숙해지다 보면 확실히 짧은 시간에 책을 온전히 자신의 것으로 만드는 놀라운 효과를 볼 수 있을 것이다.

책을 깨끗하게 사용하여 남 주지 말고, 더럽고 지저분하게 사용하여 내 것으로 온전히 흡수하라.

●

새벽은 인문학(고전)으로 시작하라

인문고전으로 하루를 시작하는 것은 천재들의 생각과
성공자들의 마인드로 하루를 시작할 수 있다. 당신이 평범하다고 생각한다면 더더욱
인문고전을 읽음으로서 비범함을 키우길 바란다.

나는 새벽에 일어나 가장 먼저 손에 잡는 책이 있다. 이 책은 내가
가장 많이 읽은 책으로서 지금도 끊임없이 매일 읽고 있다. 이 책은 세
계에서 가장 많이 팔린 책으로 시대가 변해도 인기가 끊이지 않는 고
전도서이다. 바로 《성경》이다.

성경은 읽으면 읽을수록 의미가 새롭게 다가오고, 전에는 그냥 대
수롭지 않게 넘겼던 부분들도 언젠가 나의 가슴에 와 닿는 느낌을 종
종 받는다. 종교를 떠나서 성경은 누구나 한 번 쯤은 꼭 읽어보기를
바란다.

성경뿐만 아니라 《논어》, 《맹자》등 동양고전을 특별히 자주 읽고 서
양 고전은 《소크라테스의 변명》을 종종 읽는다. 그런데 인문고전을 읽
을 때마다 신기한 점을 발견하게 되었다. 전에 생각하지 못했던 아이

디어들이 생각나거나 전에 바빠서 잊고 있었던 일들이 생각나서 그것을 마무리 하게 된다는 것이다.

내가 나름 자부하는 기술이 하나 있다. 그것은 바로 동영상을 편집하는 기술이다. 교회에서 봉사활동을 하다보면 행사에 사용될 영상물을 만들어야 할 때가 종종 있다. 동영상을 편집할 수 있는 사람이 없어서 독학으로 급하게 배운 기술이다. 물론 실력은 많이 부족하지만 남들이 내가 만든 영상을 보고 감동을 받거나 즐거워하는 모습을 보면 어깨가 으쓱 올라가며 뿌듯하다.

하루는 홍보용 동영상을 편집하는데 첫 도입 부분을 어떻게 시작해야 할지 막막했다. 다른 부분들도 물론 중요하지만 도입부분이 동영상 편집의 반을 차지한다고 해도 과언이 아닐 만큼 매우 중요하기 때문이다. 행사일은 다가오는데 동영상 편집을 시작도 못하고 있었다. 그렇게 2주가 지났고, 그러던 어느 날 새벽에 《논어》를 읽다가 순간 아이디어가 떠올랐다. 도입부분에 사용될 아이디어가 생각나 바로 핸드폰에 저장해 두었다. 별거 아닐 수도 있겠지만 그렇게 시작부분을 해결하니 3일 만에 모든 영상을 편집할 수 있었다. 이런 일은 이날 말고도 정말 많이 있다. 책을 쓰는 지금도 가끔 쓸 내용이 생각나지 않을 때에는 인문고전 책을 꺼내든다. 그러면 신기하게 글감들이 머릿속에서 피어나곤 한다.

이처럼 인문고전은 사람의 뇌를 깨워주는 역할을 한다. 인문고전은 그 시대의 천재들이 적은 책이기 때문에 천재들의 생각을 빌릴 수 있는 것이다. 인문고전을 읽으면 나같이 평범한 사람도 순간 아이디어가 떠오르게 되고, 생각지도 못한 해결책들이 생기곤 한다.

1890년 미국 일리노이주에 록펠러가 설립한 시카고대학은 당시만 하더라도 질서가 하나도 없고, 술과 담배, 마약, 음란으로 번져만 가는 3류 대학에 불과했다. 그러던 중, 1929년 제5대 총장으로 로버트 허친스 박사가 총장이 되었다. 그는 별 볼일 없는 대학을 일으키기 위해 '시카고 플랜'을 시작했다. 시카고 플랜이란 시카고 대학의 모든 학생들이 학교에서 지정하는 고전 100권을 읽지 않으면 졸업을 시키지 않는 다는 계획이었다. 학생들은 졸업을 위해서라도 울며 겨자 먹기 식으로 고전을 한 권 한 권 읽어나가기 시작했다. 그런데 놀라운 일이 일어났다. 그 이후로 시카고 대학은 세계최고의 대학인 하버드 대학보다 더 많은 노벨상 수상자가 나오게 된 것이다.

과연 시카고 플랜을 통해 인문고전을 읽지 않았으면 지금과 같은 노벨상 왕국이 될 수 있었을까? 아마 여전히 3류에서 벗어나지 못하고 있을 것이다.

이뿐만이 아니다. 우리나라 최고의 기업인 삼성그룹과 현대그룹의 창업자인 이병철과 정주영 역시 인문고전을 즐겨 읽었다. 두 사람은 집안 환경만큼이나 성격도 극과 극으로 대조가 된다. 이병철은 부유한 부모를 만나 전형적인 귀공자 스타일로 자랐고, 반면 정주영은 찢어지게 가난한 부모 밑에서 겨우 입에 풀칠을 하며 자랐다. 그러나 이들에게는 공통점이 세 가지 있다.

첫째, 인문고전 독서교육을 받았다.
둘째, 평생 인문고전을 애독했다.
셋째, 세계적인 기업의 창업자가 되었다.

이병철의 자서전 《호암자전》을 보면 "가장 감명을 받은 책을 들라면 서슴지 않고 《논어》라고 말할 수밖에 없다. 내 생각이나 생활이 《논어》의 세계에서 벗어나지 못한다 해도 오히려 만족한다."라고 하였고, 정주영은 한 인터뷰에서 "서당에 들어가 3년 동안 동양고전을 체계적으로 배웠다. 그때 배운 한문 글귀들의 진정한 의미는 자라면서 깨달았다. 그 한문이 일생을 살아가는 데 있어서 내 지식 밑천의 큰 부분이 되었다."라고 고백했다.

늘 실패하는 인생을 살고 있는가? 아직도 내가 왜 이 세상에 왔고, 무엇을 위해 왔는지 궁금한가? 나의 뇌를 성공자의 뇌로 바꾸고 싶다면 인문 고전을 읽어야 한다. 하루 10분이라도 좋으니 한 문장 한 문장 되새겨가며 읽고 혼자만의 사색과 성찰의 시간을 가져야 한다. 그러나 처음 읽는 사람들의 대부분 반응은 '하얀 건 종이요 검은 건 글씨니' 라는 생각으로 금방 인문고전 책을 덮게 된다. 이것은 그 누구나 처음 에는 당연히 겪는 일이니 너무 신경 쓸 필요가 없다. 다만 계속해서 짧 게라도 반복하여 고전을 읽는다면 나의 뇌가 열리는 느낌을 받을 수 있을 것이다.

인문고전은 책에만 국한된 것이 아니다. 고흐나 레오나르도 다빈치 의 미술 작품들을 보거나, 베토벤이나 모차르트 같이 천재들이 만든 음악을 듣는 것도 나의 생각을 깨워주는데 매우 큰 효과가 있다.

나는 하루의 시작을 천재들과 함께 하기 위해 휴대폰 알람벨 소리 를 클래식으로 저장해 두었다. 자극적이지도 않고, 나의 마음을 편하 게 해주어 하루의 시작이 더욱 가뿐하고 상쾌하다.

인문고전을 읽으면 좋은 점이 또 하나 있다. 바로 나에 대한 진지한 성찰과 세상을 바라보는 눈을 키울 수 있다는 것이다. 남이 알아주는 내가 아닌 진짜 나를 발견하고 세상을 어떻게 살아갈지를 고민하게 됨 으로서 내적인 성숙함이 시작되는 것이다.

요즘 현대인들은 일에 치이고, 스펙 쌓기에 혈안이 되어 있어 본인 의 장점을 알지 못하고 남들이 칠해준 색으로만 살아가고 있다. 마치 피카소의 수십억 가치가 있는 작품들을 통일성이 없다며 같은 색의 페 인트로 칠해버리는 것과 같다. 한 명 한 명이 너무나도 귀하고 소중한 삶이 주어졌음에도 불구하고 모두 하나의 길로만 가려고 하니 여유가 없고, 늘 치이고 쫓기는 인생을 사는 것이다. 그러나 인문고전은 나의 색깔을 확실하게 알게 해준다.

나는 진로에 대해 상담 요청을 자주 받는 편이다. 그것은 아마도 내가 대단해서가 아닌, 단지 나는 내 일에 대해 자부심을 느끼며 즐겁게 일하는 모습을 보고 궁금해서 나를 찾는 것이다. 얼마 전에도 A씨는 진로 때문에 나에게 상담을 요청한 적이 있었다. 처음에는 농담 식으로 가볍게 몇 마디를 주고받다가 대화가 점점 무르익어 가니 눈물을 보이며 자신이 무엇을 하고 싶은지 모르겠다, 라고 했다. 대부분의 사람들과 상담을 해보면 본인들이 좋아하는 일이 무엇인지 알지 못한다. 그저 주어진 일에 최선만 다할 뿐 진짜 본인이 좋아하는 것은 잊은 지 오래되어 생각조차 나지 않는다, 고 말이다. 나는 감사하게도 어려서부터 책을 통해 나의 갈 길을 확실히 알게 되었다. 장애인들을 위해 살아가고 싶은 마음이 확고했기에 그쪽으로 공부를 하고, 그쪽으로 봉사활동을 하며 기초를 든든하게 세웠다. 물론 힘든 날도 많았지만, 내가 좋아하는 일이기에 힘든 것은 꿈을 향해 나아가는데 전혀 장애물이 되지 않았다. 그래서 이처럼 진로에 대해 고민을 하는 사람들을 만나면 《논어》와 같이 자신의 삶을 되돌아 볼 수 있는 인문고전을 추천해준다.

인문고전은 생각하는 힘을 길러 준다. 사는 대로 생각하는 것이 아닌 생각한 대로 살아가도록 돕는 것이다. 전에는 남들이 좋다는 것에 휩쓸려 살아가고, 누구를 욕하면 나도 단면만 보고 함께 욕을 하며 휩쓸렸다면 이제는 정말 내 생각을 갖게 되는 것이다.

인문고전으로 하루를 시작하는 것은 천재들의 생각과 성공자들의 마인드로 하루를 시작할 수 있다. 당신이 평범하다고 생각한다면 더더욱 인문고전을 읽음으로서 비범함을 키우길 바란다.

●

'데드라인'을 정해두고 읽어라

시간이 없고 바쁘다면 오늘부터 당장 데드라인을 정해두고
내가 해야 할 일들을 시작하라.
작은 습관이 당신의 삶을 더욱 풍성하게 변화시킬 것이다.

K씨는 하루에 8시간을 자야 충분히 잔 것 같다고 믿는 사람이다. 보통 아침 7시에는 일어나야 하는데 전날 밀린 청소를 하다 보니 자정에나 잠자리에 들게 되었다. 그는 속으로 '이런, 일곱 시간밖에 잠을 잘 수가 없네. 최소 8시간 이상은 자줘야 하는데. 아침에 일어나면 완전 피곤하겠군.' 이렇게 생각하고 잠자리에 들었다.

알람 소리에 맞춰 아침 7시에 일어난 K씨는 눈을 떴을 때 가장 먼저 어떤 생각을 하게 될까? 잠들기 직전에 했던 생각과 똑같다. '이런, 일곱 시간밖에 못 잤어. 오늘 하루 종일 피곤하겠군.' 잠들기 전 예언이 적중된 것이다.

아침에 피곤할 것 같다고 생각한다면 정말로 피곤한 아침을 맞이하게 된다. 그는 하루 종일 8시간 이상 잠을 자지 못한 수면 시간을 생각

하며 '거봐, 피곤할거라고 했잖아. 잠을 보충해야하는데' 라고 하루 종일 무거운 눈꺼풀과 씨름을 할 것이다. 하지만 그 믿음을 바꾼다면 어떤 일이 일어날까? 아무리 사정에 잠자리에 들녀라도 '오오! 6시간 님게 잠을 잘 수 있겠다. 이거 완전 개운하겠는걸.' 이러한 생각으로 잠을 잔다면 이건 바로 아침까지 이어지고 그 생각들이 하루를 이끌어가게 된다.

삶의 질을 결정하는 것은 환경적인 요소가 아닌 바로 나의 의지와 마인드컨트롤이다. 수면의 '데드라인' 을 어떻게 정하느냐, 어떤 생각으로 잠자리에 드느냐에 따라 나의 수면의 질이 달라지는 것이다.

나 역시 잠을 자기 전에 늘 마인트 컨트롤을 한다. 처음에는 몰랐지만 어느 순간부터 이것이 굉장한 효과가 있음을 깨닫게 되었다. 하루는 일이 늦게 끝나 거의 자정이 다 되어서 집에 도착했다. 씻고 이것저것 정리를 하다 보니 훌쩍 30분이 지나 12시30분쯤에 잠자리에 들었다. 내일도 바쁘고 퇴근이 늦을 거라는 것을 아는 나는 책을 쓰기 위해서는 새벽에라도 일어나 조금이라도 초고를 작성해야겠다는 생각이 들었다.

침대에 누우니 정말 버터가 프라이팬 위에서 사르르 녹듯이 몸이 침대 위에서 녹는 듯했다. 그런데 신기한 일이 일어났다. 4시가 되기도 전에 눈이 떠진 것이다. 비록 3시간 밖에 잠을 자지 않았음에도 몸이 무겁지 않고 개운했다. 그래서 나는 그날도 초고를 작성하고 출근

할 수 있었다.

이러한 일들은 일상에서 많이 일어난다. 약속 시간에 늦을 거 같은 상황에서도 데드라인을 정해두고 '꼭 시간에 맞춰서 가야지' 하면 정말 신기하게도 딱 그 시간에 도착하는 경험을 종종 한다. 그만큼 데드라인을 정하는 것은 일상생활의 어느 순간이나 필요하다.

그래서 나는 되도록 무슨 일을 할 때에 마감 시간을 정해두고 일하는 것이 습관화 되어 있다. 그러면 시간도 단축할 수 있고, 보다 효율적인 업무를 할 수 있다는 장점이 있다.

현재 베스트셀러 작가인 하야마 아마리의 자서전 《스물아홉 생일, 1년 후 죽기로 결심했다》라는 책을 보면 본인의 1년간 치열한 기록을 담은 내용이 나타난다. 그녀는 변변한 직장도 없고, 애인에게 버림을 받았으며, 못생긴데다가 73킬로그램이 넘는 외톨이였다.

그녀는 자신의 생일날 동네 편의점에서 사온 한 조각의 딸기케이크로 자축을 하려고 하는데 그만 바닥에 딸기를 떨어뜨린다. 떨어진 딸기를 먹기 위해 애쓰던 중 그녀는 눈물이 왈칵 쏟아지기 시작했다. 결국 그녀는 자살을 결심하지만 TV를 통해 화려한 카지노의 세계를 보게 된다. 그렇게 그녀는 라스베이거스에서 카지노를 하겠다는 꿈을 꾸게 되고, 딱 1년의 데드라인을 정하고 1년 뒤에 죽기로 결심한다. 신기하게도 꿈이 생기니 계획이 생기게 되었고, 1년이라는 데드라인을 정해 둔 뒤, 평소라면 할 수 없었던 일들을 할 배짱이 생기게 된다. 그렇게 그는 밤낮으로 열심히 일해서 모은 돈으로 라스베이거스에 가서 배팅을 하게 된다. 잃을게 없다고 생각한 그녀는 과감하게 모든 것을 걸게 된다. 그렇게 긴장감 넘치는 승부 끝에 5달러를 얻게 된다. 뿐만 아니라 그는 생명이라는 선물을 받게 된다.

그렇다. 사람이 죽을 각오로 덤비면 그 어떤 것도 해내지 못할 것이 없다. 데드라인(deadline)이 이와 같다. 데드라인은 원래 넘지 말아야 할 선, 죄수가 넘으면 총살당하는 선에서 유래 되었다. 문자 그대로 표현하자면 죽음의 선인 것이다. 사람이 데드라인에 서면 본인도 알지 못하는 능력이 나오기 마련이다. 이것을 다른 말로 잠재능력, 흔히들 말하는 '포텐이 터진 것' 이다.

독서도 이와 같다. 무작정 책을 읽기 보다는 데드라인을 정해두고 읽으면 집중력도 좋아지고, 책을 읽는 속도가 매우 빨라진다. 그리고 바쁜 현대인들은 할 일들이 끊임없이 많기 때문에 이렇게 데드라인을 정해두지 않으면 이것저것 문어발식으로 많은 일들에 손을 댈 뿐 정말 확실히 끝내는 일들은 줄어들게 된다.

나 역시 하루가 정말 짧다고 느껴질 만큼 바쁘게 살고 있다. 새벽에 일어나 책을 보고, 교회에 다녀와 운동을 간다. 1시간 넘게 운동을 한 후 바로 출근을 한다. 출근해서 일을 마치면 퇴근하자마자 근처 카페로 가서 책을 쓴다. 집으로 가서 쓸 수도 있지만 집으로 가면 자꾸 졸음이 쏟아져 되도록 곧장 집으로 퇴근하는 것을 지양하고 있다.

이 스케줄은 정말 일이 없을 때 기본적으로 하는 스케줄이고 그 외에 일들이 생기면 이 시간마저 쪼개어 사용을 해야만 스케줄 소화가 가능하다. 이렇게 일을 하다보면 마음이 분주해 이일 저 일을 같이 하며 결국 아무것도 완성하지 못한 채 시간만 흘려보내는 경우가 있다. 그러나 아무리 많은 일들이 있더라도 본인만의 데드라인을 정해두면 더 많은 일들을 집중력 있게 할 수 있다.

책을 쓸 때에도 이와 같다. 얼마 전 좋은 기회가 닿아 나의 첫 책인 공저《되고 싶고, 하고 싶고, 갖고 싶은 47가지》의 한 꼭지를 작성하여 보냈다. 원고를 쓰는 것을 초고라 하고, 완성된 초고를 수정·보완하는 것을 탈고라 한다. 탈고를 마친 후 출판사에 보내는 것을 투고라 하는데 보통 본인이 쓴 글을 투고 하는 것을 두려워하여 지연되는 경우가 종종 있다. 초고야 탈고의 시간이 있기 때문에 부담이 없지만, 투고를 하면 이제 내가 쓴 원고는 내 손을 완전히 떠나는 것이기에 정말 신중에 신중을 기하여 투고하게 된다. 그러다 보면 내용이 좀 좋아질 거 같지만 결국 불필요한 시간만 흐를 뿐 내용은 크게 달라지지 않는다. 그러나 원고를 쓰기 전에 나의 원고 완성 일을 정하고 쓰면 보다 명확하게 글을 쓸 수 있음은 물론, 확실히 투고 날을 앞당길 수 있다.

독서를 할 때에 나는 30분, 1시간 이렇게 핸드폰으로 타이머를 맞취놓고 책을 읽는다. 전에는 나도 그냥 시간이 되는 대로 책을 읽곤 했는데, 그러다보니 시간이 지날수록 집중력도 흐려지고 자꾸 딴 짓을 하게 되는 나를 발견하게 되었다. 그래서 생각해낸 것이 바로 '데드라인 독서법'이다. 정말 이 정한 시간만큼은 핸드폰도 무음으로 해놓고, 오직 책읽기에만 집중을 한다. 이 방법을 시작한 그날부터 큰 효과를 본 이후, 나는 지금도 이런 식으로 책을 읽고 있다.

이처럼 무슨 일을 하던 데드라인을 정하는 것은 매우 중요하다. 살짝 긴장감 속에 살아가는 삶은 늘 여유 있는 삶을 이기게 되어 있는 것이다. 여유 있게 '세월아 네월아' 그냥 시간에 끌려가는 삶은 요즘같이 멀티를 필요로 하는 세상에 무릎을 꿇을 수밖에 없다. 계속해서 일들은 꼬리에 꼬리를 물게 되고 결국 일을 마치지 못하게 된다. 그러다 결국 기한이 되면 찝찝한 마음으로 마무리 하게 되는 것을 반복하는 것이다. 그러나 긴장감 속에 데드라인을 정하고 살아가는 삶은 끌려가는 삶이 아닌 시간을 완전히 조종하며 살아가 더 많은 일들을 능률적으로 해낼 수 있게 된다.

시간이 없고 바쁘다면 오늘부터 당장 데드라인을 정해두고 내가 해야 할 일들을 시작하라.

작은 습관이 당신의 삶을 더욱 풍성하게 변화시킬 것이다.

●

06

같은 책 두 번 읽기로 책을 흡수하라

책을 읽다보면 '이 책은 한 번 읽기에는 너무 아깝다'라는 생각이 들 것이다.
그러한 책들은 따로 목록에 저장을 해두고
두 번, 세 번… 읽기로 온전히 나의 것으로 흡수하라.

내가 유난히 자주 꺼내 읽고, 여러 번 읽은 책 중에 세 권을 추천한
다.

《성경》과 《백악관을 기도실로 만든 대통령, 링컨》 그리고 《꿈꾸는
다락방》이다. 이 세권의 책은 나의 삶을 변화시켜 주고 삶의 모든 가치
관들을 변화시켜준 고마운 책들이다. 특별히 《성경》중에 '잠언'은 군
대에 있을 때 포켓성경으로 2~3일에 1독 씩 할 정도로 수없이 읽었다.
다른 성경의 내용보다 이해가 쉽고, 흔들릴 수 있는 군 생활을 잘 이기
게 해주었다.

또한 《백악관을 기도실로 만든 대통령, 링컨》은 내가 영적으로 많
이 지치고 다운되었을 때 자주 꺼내보는 책이다. 책 표지가 닳아 너덜
너덜해질 때까지 읽은 걸로 봐서는 수없는 영적인 업앤다운(up&down)

을 겪었다는 것을 증명한다.

《꿈꾸는 다락방》은 이제 막 독서에 눈을 뜬 사람들에게 가장 많이 추천한 도서이자 내가 독서에 대해 시들어졌다고 느낄 때마다 읽는 책이다. 나름대로는 내가 정말 반복하여 책을 많이 읽는다고 생각 했었는데 세종대왕은 한 번 손에 잡은 책은 묶은 가죽 끈이 닳아 끊어질 정도로 읽고 또 읽었다고 하니 얼마나 많이 반복하여 읽었는지 감히 나로서는 짐작하기 어렵다.

책은 많이 읽는 것보다는 단 한권을 읽더라도 완전히 자기의 것으로 만드는 것이 매우 중요하다. 시간에 쫓겨 읽는 것처럼 다독만을 한다면 물론 보다 많은 것들을 경험하고 알게 될 수는 있겠지만, 그 이상도 이하도 아닌 딱 거기까지다. 그러나 단 한 권의 책을 읽더라도, 아니 단 한 줄을 읽더라도 그것을 온전히 자신의 것으로 만들고 실천한다면 그것이야 말로 참된 독서라 할 수 있겠다.

내 주변에도 책을 많이 읽는 사람들이 있다. 그들은 마치 훈장이라도 하나씩 다는 거 마냥 많은 책들을 읽은 것을 자랑하듯이 얘기한다. 이 책 저 책 안 읽어본 책이 없다며 의시되기 까지 한다. 그것은 독서의 양보다 질이 더욱 중요한 것임을 모르는 것이다.

정조는 "만 줄의 글을 열 번 읽는 것은 열 줄의 글을 만 번 읽는 것보다 못한 법이다"라고 했다. 그만큼 반복하여 읽는 것이 얼마나 중요한지 말해준다.

책장을 한 장 한 장 넘기는 것이 아까울 정도로 좋은 책을 만날 경우가 종종 있다. 그러할 때는 마치 로또에 당첨된 듯 한 기분이다. 주변에서 아무리 좋은 책이라고 추천을 해줘도 나만 느끼는 특별한 책들이 있을 것이다. 그러한 책을 만난다면 두 번 읽기를 추천한다. 처음 읽었을 때 받았던 감동이 또 다른 곳에서 새로운 감동으로 피어나는 경험을 하게 될 것이다. 소가 여물을 먹을 때 되새김질을 하듯이 책도 계속해서 되새김질을 해야 온전히 본인의 것으로 소화가 된다.

그렇다면 온전히 자신의 것으로 소화하는 독서는 어떻게 해야 하느냐? 나는 군인과 운동선수, 그리고 농부에게서 그 힌트를 얻었다.

첫째. 군인 같이 읽어야 한다. 마치 책 한 줄에서 작은 것이라도 얻으려고 치열하게 싸워가며 읽어야 한다. 책을 그냥 취미로 기분전환으로 읽어서는 그것은 정작 자신에게 도움 되는 독서는 아니다. 생존독서. 이것이 답이다. 물론 기분전환으로 읽는 책도 필요하지만, 자신의 삶을 바꾸고 싶다면 군인 정신으로 치열하게 책을 읽어나가야 한다.

둘째. 운동선수 같이 읽어야 한다. 매일 매일 자기 몸을 만들기 위해 반복하고 또 반복하며 읽는 것이다. 어느 날은 새벽에 일어나 책을 읽고, 어느 날은 피곤하다고 해서 안 읽고 그러면 안 되는 것이다. 세계적인 운동선수들을 보면 이제 연습을 안 해도 잘 할 거 같지만 다른 선수들보다 조금 더 일찍 나와 몸을 풀고 늦게까지 남아 반복하여 연습을 한다. 비가 오나 눈이 오나 계속해서 반복하여 훈련을 하는 것이다. 성공했다고, 잘나간다고 해서 책 읽는 것을 멈춰서는 안 된다. 그러할수록 더욱 치열하게 독서해야 한다. 좋은 것을 먹고, 좋은 것을 입고 있으면 책 읽는 것이 점점 시시해진다. 사람들을 만나느리 점점 책 읽을 시간을 세컨타임으로 정해두는 것이다. 그러면 점점 삶에 의욕이 없어지고, 가슴 뛰는 삶은 점점 식어져만 가게 된다. 독서에 반복…꾸준히… 이것이 얼마나 귀한지 모른다. 결국에는 반복하는 사람이 잘하는 사람을 이기게 되어 있다.

셋째. 농부 같이 읽어야 한다. 농부는 늘 부지런해야 한다. 성공하기 위해서는 남의 것을 탐내서는 안 된다. 늘 수고하고 땀 흘리면 언젠가 반드시 거두게 되어 있다. 독서를 쉽게 하려고 하면 안 된다. 내 시간을 포기할 줄 알아야 하고, 달콤한 잠의 유혹에서도 이겨야 한다. 땀 흘린 만큼 수확을 하는 것이다. 시간제로 일하는 사람들은 그 시간만 때우고 돈을 받아가는 게 목표다. 그러나 사장은 보다 나은 기업이 되기 위해 늦게까지 남아 끊임없이 수고하고 노력한다. 또한 농부는 화려한 곳은 가지 않고, 먹는 것도 줄여가며 늘 자신을 컨트롤 할 줄 알아야 한다. 이처럼 독서도 늘 자기 자신을 위해 버릴 건 버리고, 투자해야 될 것에 집중 투자하여 부지런히 읽어야 한다.

군인처럼 치열하게, 운동선수처럼 꾸준하게, 농부처럼 부지런하게 읽는 독서야 말로 온전히 본인의 것으로 흡수되는 독서가 될 것이다.

나는 책을 읽는 속도가 남들보다 많이 느린 편이다. 특별히 언어영역을 치르는 수험생 때는 이러한 것들이 얼마나 스트레스가 되었는지 모른다. 그래서 속독법도 인터넷에서 찾아보고, 키워드 리딩법도 공부한 적이 있다. 그러나 읽는 속도가 느린 이러한 습관은 쉽게 고쳐지지 않았다. 알고 보니 이것은 너무도 꼼꼼한 나의 성격 탓이었다. 나는 만화책을 읽을 때에도 정독을 한다. 심지어 '슬램덩크'라는 만화책을 볼 때는 인물들의 호흡 소리까지 전부 다 읽어야 읽은 거 같은 느낌이 들 정도였다. 나중에야 깨달은 것이지만 그것은 시간낭비에 불과하다. 차라리 그 시간에 같은 만화책을 두 번 보는 것이 더 이해가 잘되고 오래 기억에 남는 것임을 나중에야 깨닫게 된 것이다.

어떠한 책을 읽더라도 한 번 읽어서는 저자의 의도를 알기 어렵다. 적어도 두 번 세 번은 읽어야 그 저자의 참뜻을 알게 된다. 한 권의 책을 읽으면 읽을수록, 곱씹으면 곱씹을수록 처음 읽었을 때와는 또 다른 감동과 참의미를 전달해 주는 것이다.

작년 여름 남산타워에 있는 분위기 좋은 레스토랑을 갔었다. 지인 중에 쿠폰이 있다며 나와 함께 가자고 한 것이다. 스테이크의 참맛을 보여준다고 하여 나는 기대하는 마음으로 남산타워로 올라갔다. 기껏해야 패밀리 레스토랑 같은 곳에서만 먹던 스테이크를 스테이크 전문점이라고 하여 얼마나 설레였는지 모른다. 특별히 남산타워에 올라가니 서울 야경이 한 눈에 들어오고, 확 트이는 것이 내 속도 확 트이는 듯 한 느낌이었다.

스테이크 굽기의 강도를 징하고 잠시 기다리니 드디어 김이 모락모락 나는 스테이크 한 접시가 내 테이블에 올려졌다. 물론 할인 쿠폰을 사용하였지만, 가격이 예상했던 것보다 비싸서 한 번 놀랐고, 양이 적어서 또 한 번 놀랐다. 그래도 나는 기대하는 마음이 더 컸기에 열심히 잘라서 음식을 먹기 시작했다. 배가 너무 고파서 한 접시의 스테이크를 게 눈 감추듯 먹어치웠다. 함께 간 K씨는 내가 너무나 급하게 먹자 안쓰러웠는지 본인의 것도 조금 덜어주며 나에게 이러한 조언을 해주었다. 스테이크는 맛을 음미하며 여러 번 씹으면 씹을수록 새로운 맛과 향이 난다는 것이다. 그래서 나는 덜어준 음식을 먹을 때부터는 나름 맛을 음미하려고 노력 했다.

독서가 이와 같다. 마치 배를 채우기 급급하게 이것저것 음식을 먹어치우면 안 된다. 정말 양질의 책을 만났다면 그것을 여러 번 반복하여 읽어서 작가의 의도와 참뜻을 이해해야 한다. 두 번 읽고 세 번 읽는다면 전에는 알지 못했던 맛이 나오고, 새로운 향이 나는 것이다.

책을 읽다보면 '이 책은 한 번 읽기에는 너무 아깝다' 라는 생각이 들 것이다. 그러한 책들은 따로 목록에 저장을 해두고 반드시 다시 읽어 완전히 자신의 것으로 만들어야 한다. 자신의 것으로 만들지 않은 독서는 그저 시간 때우기나 남들에게 보여 주기식의 독서에 불과하다. 좋은 책을 만난다면, 같은 책 두 번, 세 번… 읽기로 온전히 나의 것으로 흡수하라.

•

07

생각당하지 말고 생각하라

사는 대로 생각하지 않고, 생각한대로 살아가기 위해서는
반드시 책을 읽어야 한다. 언제까지 단 한 번도 성공하지 못한 사람들의 말에 휩쓸려
살아갈 것인가. 책은 그 분야의 성공한 사람들의 이야기들로 가득하다.

세계적인 물리학자이자 노벨물리학상을 수상한 알버트 아인슈타인
은 '내 배움에 방해가 된 유일한 한 가지는 내가 받은 교육이다.' 라고
말했다. 세계적인 천재로 알려진 그가 왜 이러한 말을 남겼을까.

우리나라는 고등학교를 졸업하고 80% 이상이 비싼 등록금을 내고
대학에 들어간다. 그중 대부분은 비싼 학자금을 대출 받아 공부를 하
고 있다. 학위보다 빚더미를 먼저 안겨 주는 교육을 받는 것이다. 그래
서 졸업을 하고 취직을 해서도 늘 노예처럼 일만해야 하는 상황이 펼
쳐진다. 단지 돋보이는 이력을 하나 추가하려고 어마어마한 금액을 대
출 받는 것이다. 내 주위에는 대학을 졸업한 후 고졸이어도 할 수 있는
일을 하면서 학자금 대출을 갚아 나가느라 고생하는 사람들 이야기를
자주 접하곤 한다. 빚 때문에 직장에 매이게 되고, 정말 본인이 하고

싶은 일은 꿈도 꾸지 못하는 노예의 삶을 살게 된다. '고학력'이라는 타이틀에 얽매이면 자유를 빼앗길 위험에 빠질 수 있는 것이다.

대학을 나오면 자신의 가치가 오를 것으로 기대하며 시간과 비용을 감당할 만하다고 여긴다. 학위를 딴 후 자신의 가치가 회사에서나 시장에서 높아졌으리라 생각하는 것이다. 하지만 대학을 졸업한다고 해서 특별히 나아지는 것은 없다. 오히려 더 좋은 스펙을 쌓기 위해 또다시 세상 가운데 있는 대학을 신청하여 듣게 된다. 쳇바퀴에 들어가 늘 같은 자리에서 반복하여 뛰는 다람쥐와 같은 삶이다. 열심히는 하지만 늘 제자리인 삶이다.

정말 당신이 배우고 쌓아둔 스펙들이 당신의 삶에 도움이 되는가?

정말 좋은 대학에 나오면 성공할 확률이 높아지는가?

세상의 성공한 사람들 중에는 고등학교나 대학교를 마치지 못한 사람들이 많이 있다. 빌 게이츠, 스티븐 스필버그, 리차드 브랜슨, 마이클 델, 펠릭스 데니스, 데이비드 게펜, 존 폴 디조리아 등 이들 모두는 꿈과 목표를 좇기 위해 학교를 중퇴했다.

우리나라 대통령 중 김대중 전(前)대통령과 노무현 전(前)대통령은 대학을 나오지 않았다. 물론 노무현 전(前)대통령은 검정고시로 대학을 점프하였지만, 김대중 전(前)대통령은 검정고시를 보지도 않았다. 그러나 우리나라의 유일한 노벨상을 받은 세계적인 인물은 김대중 전(前)대통령이 유일하다.

이들의 공통점이 하나 있다. 그것은 끊임없이 책을 읽음으로서 공부를 쉬지 않는다는 것이다. 책을 읽지 않으면 세상의 틀에 매이게 되어 있다. 그것이 진리인줄 알고 따라가는 것이다. 대학 교수들을 폄하하는 것은 아니지만 사업을 단 한 번도 해보지 않은 교수에게 사업론을 듣고 경제학을 배우는 것이 과연 필요한 것일지 다시 한 번 생각을 해봐야 한다. 학교를 졸업하고 학교에서 배운 대로 사업을 하려고 하면 거의 대부분 실패하게 된다. 차라리 그러한 지식 보다는 실질적으로 현장에서 뛰며 실패도 미리 맛보고, 다양한 경험을 쌓은 사람들의 책 한 권 읽는 것이 더 효과적이라 볼 수 있다.

나는 재수를 할 기간에 하라는 공부는 안하고 수많은 책을 읽었다. 내가 다니는 독서실은 위층에 도서관도 함께 있는 곳이라 거의 도서관에서 살다시피 했다. 그 당시 경제, 여행, 역사, 종교, 인문학 등 정말 닥치는 대로 읽었다. 책을 읽으면 읽을수록 대학을 가기 보다는 내가 잘 할 수 있고, 잘하는 일을 찾는 것이 급선무라는 생각이 들었다.

그러던 중 지승룡씨의 《민들레 영토 희망스토리》라는 책을 접하게 되었다. 지승룡씨는 처음에 목사님이 되어 목회를 하다 아내와 이혼했다. '이혼한 목사' 라는 딱지가 늘 따라다녀 더 이상 목회를 할 수 없게 된 그는 교회를 사임하고 다른 길을 찾게 되었다. 특별히 할 일이 없던 그는 매일 도서관으로 출근해 책을 읽었다. 그렇게 3년 동안 읽은 책이 약 2,000권정도 된다고 한다. 그렇게 수많은 책을 읽고 사색하면서 본인이 알지 못하는 또 다른 자신을 발견하게 되었고, 그렇게 시작한 사업이 번창하여 '민들레 영토'라는 문화공간을 창업할 수 있게 되었다. 지금도 지역 곳곳에 있는 민들레 영토는 젊은이들의 문화공간으로 많은 이들의 사랑을 받고 있다.

나 역시도 이 책을 통해 책 속에 길이 있음을 알게 되었고, 내가 무엇을 할 때 가장 행복한지 발견하게 되었다.

나는 30년이 넘는 평생을 장애인들과 함께 했다고 해도 과언이 아니다. 어릴 적에는 장애가 있는 막내 고모와 10여년을 함께 살았고, 고등학교를 졸업하면서 장애인들을 돕고 교육하는 봉사를 지금까지 꾸준히 하고 있다. 그러한 삶을 살다보니 장애를 가진 사람들을 보면 괜히 반갑고 마치 모든 장애인들이 가족처럼 느껴지곤 한다. 그래서 나는 이 길이 내가 가야 할 길임을 알게 되었고, 군대를 제대하고 아르바이트를 해서 번 돈으로 사이버대학을 신청하여 '특수 교육'을 공부하게 되었다. 사이버대학은 내가 일을 하면서도 학업을 이어 갈 수 있어서 나에게는 최적의 시스템이었다. 그래서 나는 낮에는 일을 하고 밤에는 졸린 눈을 비비며 컴퓨터 앞에 앉아 공부를 했다. 주경야독의 삶이 시작된 것이다. 물론 4년 동안 몸이 많이 힘들어 포기할까도 생각을 해봤지만 전문적인 지식 없이는 장애인들을 돕는데 한계가 있을 거 같아 나름 열심히 공부하였고, 현재 나의 전공을 살려 일을 하고 있다.

때론 힘들고 지칠 때도 있지만, 이처럼 내가 좋아하고 하고 싶은 일을 하는 하루가 나는 너무나 행복하고 감사하다. 가끔은 '월급을 받지 않아도 이 일을 할 수 있겠다.' 라는 생각을 할 정도니 말이다.

계란이 먼저냐, 닭이 먼저냐는 알 수 없지만, 대학이 먼저냐 내가 하고 싶은 일을 찾는 게 먼저냐는 물음에 나는 확실히 답해줄 수 있다. 아무 의미 없이 대학 졸업장을 따기 위해 하는 공부는 그저 줄에 끌려 주인을 따라가는 강아지와 다를 게 없다. 생각의 야생성을 키워야 한다. 남들이 만들어 주는 틀에 갇혀 매달 꼬박꼬박 주는 월급으로 만족하며 살아가지 말고, 보다 본인이 가슴 뛰는 일을 찾아야 한다. 수많은 책들에는 본인이 꿈꾸는 삶이 반드시 그려져 있다. 진짜 자신의 강점을 키우고 하루하루를 가슴 뛰는 삶으로 인도해줄 일이 반드시 있는 것이다. 우리가 세상에 온 이유는 단지 대기업 취업과 공무원이 되는 것에 있지 않다. 더 큰 꿈을 꾸고 나의 꿈만으로도 많은 이들에게 도전이 되어주는 그러한 삶을 살아야 한다.

나의 꿈을 많은 이들에게 얘기하면 허황된 꿈이라고 비웃는 이들이 많다. 그러나 책을 읽는 사람들은 나의 꿈이 언젠가는 이뤄질 거라며 응원의 메시지를 남겨준다. 본인들이 책을 통해 생생하게 꿈을 꾸면 이뤄지는 것을 알게 되었기 때문이다.

우리 엄마 역시 그랬다. 비록 전부터 아들이 하는 일은 늘 응원해

주셨지만, 엄마가 새벽독서를 시작함으로서 나의 꿈에 대해 확신을 갖고 적극적으로 지원해 주시기 시작했다. 꿈은 꿈꾸는 사람만이 알아볼 수 있다. 꿈이 없는 사람은 본인의 생각 테두리에서만 생각하기에 꿈은 그냥 꿈으로만 여기고 만다. 그러나 꿈을 꾸는 사람들은 책을 통해 꿈이 현실로 보인다.

사는 대로 생각하지 않고, 생각한대로 살아가기 위해서는 반드시 책을 읽어야 한다. 언제까지 단 한 번도 성공하지 못한 사람들의 말에 휩쓸려 살아갈 것인가. 책은 그 분야의 성공한 사람들의 이야기들로 가득하다. 왜 성공하고 싶어 하면서 성공하지 못한 사람들의 말만 들으려 하는가. 정말로 그 분야의 뛰어난 성공자가 되고 싶다면 성공자의 이야기들로 가득한 책을 읽어 보기 바란다.

[제 5 장]

나는 새벽독서를 통해
기적을 만났다

"

나는 새벽독서를 통해 기적을 만났다.
독자에서 저자로 인생이 역전되었으며, 늘 남의 말에 의지하며 살아가던
내가 남에게 컨설팅을 해주며 멘토의 삶을 살아가고 있으며,
더욱 커다란 꿈들을 하나씩 준비하며 이루어가고 있다.

"

●

나는 새벽독서를 통해 기적을 만났다

아직도 꿈이 없는 삶을 살고 있다면 독서를 통해 꿈을 찾아야 한다.
그리고 아직도 꿈만 꾸는 삶을 살고 있다면 새벽을 깨워 꿈을 위해 노력해야 한다.
새벽을 깨워 독서한다면 꿈이 현실로 변화 될 날이 얼마 남지 않았다.

🕐

"지금 자면 꿈을 꾸지만 깨어있으면 꿈을 이룬다." -반기문 UN사무총장

인간은 본래 해가 뜨면 일하고 해가 지면 잠을 자는 원초적인 삶에서 시작했다. 우리 할머니 할아버지 때만 해도 전기가 들어오지 않아 해가 뜨기 시작하면 밭으로 나가 일을 하고, 해가 저물면 주섬주섬 정리하고 마무리 하는 삶이 너무나 당연했다. 사실 지금처럼 이렇게 밤 늦게까지 환하게 불을 켜고 생활을 시작한지가 얼마 되지 않는다. 우리나라는 현재 낮보다 밤이 더 바쁘고, 현란한 가운데 있다. 그러나 삶의 만족을 느끼며 살아가는 사람들은 점점 줄어만 가고 있다. 이것은 바로 하나님이 만들어 주신 인간의 패턴을 자신들의 마음대로 바꿔버렸기 때문이 아닐까 생각된다.

성공이란 무엇일까. 꼭 부자가 되어야만 성공한 삶은 아니다. 남이 내 삶을 결정해주는 것이 아닌 스스로 내 삶을 결정하고, 목적 없이 끌려가는 삶이 아닌 이끄는 삶을 살아가는 것이 참된 성공한 사람들의 삶이다. 그리고 내가 되고 싶고 꿈꾸던 사람이 되어 하고 싶은 일을 마음껏 하며 사는 것이 성공한 삶이라 할 수 있다. 후회하지 않고, 의미 있고 신나는 삶, 생각만 해도 가슴 뛰는 일을 하며 사는 삶이야말로 그 어떤 부자들보다 성공한 삶이라 말 할 수 있겠다. 성공의 정의는 이처럼 제각각인 것이다. 그러나 성공의 가장 중요하면서도 포인트가 되는 것이 있다. 그것은 바로 내가 나 자신을 컨트롤 할 수 있냐는 것이다.

현대인들은 자신을 컨트롤 하지 못해 수많은 사고가 일어나고 지난 날에 대한 후회들을 하고 있다.

얼마 전 교회 목사님께 들은 이야기다.

전에 함께 봉사했던 부장님 한 분이 지금 교도소에 가 계신다는 이야기를 들었다. 그 부장님은 전에 나와 함께 한 부서에서 봉사를 했기에 그 충격은 더더욱 컸다. 선하시고 위트와 재미가 있어서 젊은 교사들에게도 인기가 많았다. 그런데 어느 순간부터 보이지 않더니 알고 보니 지금은 세금문제로 교도소에서 수감생활 중이라는 것이다. 단 한 번의 실수로 이렇게 좋은 분이 감옥에 계시다는 것이 참 마음 아팠다. 이처럼 아무리 가진 것이 많고, 좋은 사람이라 할지라도 자신을 컨트롤 할 줄 모른다면 그것은 성공한 인생이 아니다.

자신을 컨트롤 한다고 해서 너무 거창한 것을 생각할 필요는 없다. 아주 작은 것부터 자신을 컨트롤 할 수 있는 힘이 있다면 그것은 이미 성공자의 반열에 들어선 것이다.

그럼 컨트롤하는 삶을 살고 있는지, 아니면 컨트롤 당하는 삶을 살고 있는지 질문을 해보겠다. 당신은 오늘 당신의 의지대로 원하는 시간에 일어나는가? 아니면 일어나지 않으면 안 되는 데드라인까지 침대에 누워있었는가? 대부분의 사람들은 이러한 컨트롤로 하루를 시작한다. 첫 컨트롤 시험부터 패스하지 못한다면 그것은 이미 패배한 하루로 시작하는 것이다.

나 역시 새벽을 깨워 일어나기 위해서는 수만 가지 부정적인 생각들을 이겨야지만 가능하다.

"오늘까지는 좀 더 자고, 내일부터 일찍 일어나면 되잖아."

"이러다 몸이 축나거나 상하면 나만 손해야."

"이렇게 일찍 일어나면 피곤해서 하루 종일 어떻게 생활하려고 그래"

이렇게 수만 가지 합리적인 생각들이 나의 새벽을 방해하기 시작한다. 그런데 이러한 유혹에서 이기지 않으면 절대 나를 컨트롤 할 수 없다. 유혹들을 이겨낼 답을 미리 준비하는 것도 도움이 된다.

"내일부터 일어나라고? 아니 나에게 내일은 없어. 오직 오늘만 있을 뿐!"

"몸이 상하는 것보다 나의 자존심과 자존감이 바닥에 떨어지는 것이 나에게는 더 괴로워"

"차라리 몸이 피곤한 게 낫지, 여유가 없어 정신적으로 스트레스 받는 것보다는"

이렇게 힘겹게 싸워서 이긴 새벽은 당신에게 값진 선물을 선사할 것이다. 바로 내가 그랬으니 말이다.

나는 늘 다른 건 할 줄 아는 것이 없었지만 책 읽는 것만큼은 너무나 좋아했고, 행복했다. 평생을 책만 보다가 죽어도 후회 없을 거 같다는 생각을 했을 정도였다. 책을 읽으며 나는 수많은 꿈들을 꾸었다. 책 읽는 순간만큼은 무엇이든 할 수 있을 거 같았다. 그러나 그건 그때뿐이었다. 다시 책을 덮으면 또다시 무거운 현실이 나의 어깨를 짓누르고, 꿈보다는 현실을 직시하라는 듯 자꾸 나를 압박했다. 그렇다. 책을 읽는다고 나의 삶이 달라지는 것은 아니었다. 오히려 꿈만 커지다보니 오히려 현실에 적응하기 어려울 정도였다. 그래서 주변에서 나는 늘 사회성이 부족한 아이로 낙인 찍혔다. 그러나 새벽을 깨우기 시작하면서 나는 꿈만 꾸는 사람에서 꿈을 이루는 사람으로 변화되었다. 다시 말해 꿈을 이루기 위해서는 꿈과 함께 행동이 동반되어야 한다는 것을 그제야 배운 것이다.

세상에는 3종류의 사람이 있다. 꿈이 없는 사람, 꿈만 꾸는 사람, 꿈을 이루는 사람. 여기서 꿈을 이루는 사람이 되기 위해서는 반드시 독서를 통해 큰 꿈을 꾸어야 하겠지만 여기에 행동이 함께 할 때에 그 꿈은 현실이 되는 것이다. 새벽을 깨우는 작은 습관 하나가 나의 한계를 정하지 않고 계속해서 도전하게 한다.

나는 책을 가까이 하면서 '작가'의 꿈을 꾸게 되었다. 그런데 이것은 단지 꿈일 뿐, 꿈을 이루기에는 막연했다. 그러나 새벽을 깨워 독서를 하면서부터는 나의 이러한 생각이 달라졌다. 새벽을 깨우고 나 자신을 컨트롤 하며 그 무엇도 가능하겠다는 생각을 하게 된 것이다. 이뿐만이 아니다. 건강한 몸을 갖고 싶어 헬스장을 여러 번 끊었으나 늘 중간에 포기하고, 그만두기를 반복했다. 그러나 새벽을 깨우며 우선 운동하는 시간을 확보하니 시간이 없어서 못한다는 핑계를 차단 할 수 있었다. 그리고 새벽을 깨울 때에 종종 피곤하기는 하지만 열매를 바라보고 지금도 꾸준히 운동을 하고 있다. 그래서 현재는 많은 분들이 나를 '몸짱 교사'로 불러주고 있다.

새벽 3시에 일어나 책을 읽고, 교회에 가서 예배를 드리고, 운동을 다녀와서 출근을 하는 그 하루는 절대 부정적인 생각이나 불평·불만이 끼어 들 수 없다. 오히려 하루를 이미 승리한 기분이고, 어떠한 것들도 가능할 거 같은 생각으로 가득 차게 된다.

그러나 기적은 따로 있었다. 나의 부지런한 삶을 보고 많은 분들이 나에게 문의를 하게 된 것이다. 새벽에 일어나면 무엇을 하는지, 어떻게 하면 새벽을 잘 깨울 수 있는지, 새벽을 왜 깨우는지 등 나에게 컨설팅을 요청하는 사람들이 많아지고 있는 것이다. 그래서 주변 사람들에게 내가 새벽을 깨우게 된 동기와 새벽을 깨울 수 있는 방법들을 이야기 해주면 흡족해하며 자신도 따라서 시도해보겠다고 할 때 나는 큰 보람을 느낀다. 나 같이 부족한 사람을 통해 나보다 더 훌륭한 사람들에게 동기부여를 해주고, 삶의 방향을 잡아 준다는 것만으로도 나는 이미 성공한 사람처럼 행복하다.

나는 새벽독서를 통해 기적을 만났다. 독자에서 저자로 인생이 역전되었으며, 늘 남의 말에 의지하며 살아가던 내가 남에게 컨설팅을 해주며 멘토의 삶을 살아가고 있다. 뿐만 아니라 나는 더욱 커다란 꿈들을 하나씩 준비하며 이루어가고 있다. 전에는 막연하게만 생각했던 것들을 지금은 현실로 이루며 살아가는 것이다.

아직도 꿈이 없는 삶을 살고 있다면 독서를 통해 꿈을 찾아야 한다. 그리고 아직도 꿈만 꾸는 삶을 살고 있다면 새벽을 깨워 꿈을 위해 노력해야 한다. 새벽을 깨워 독서한다면 꿈이 현실로 변화 될 날이 얼마 남지 않았다.

새벽독서로 12곳을 후원하다

독서의 완성은 실천이다. 세계적인 자선사업가나 기부가가 되고 싶다면
지금 자리에서 성공자의 삶을 시작해보라. 내가 가진 것을 다른 사람들과 나눌 때
당신은 이미 세계적인 성공자가 되어 있을 것이다.

"당신이 할 수 있는 최선을 세상에 주어라, 그러면 최선의 것이 돌아올
것이다" - 매들린S.브리지스

나에게는 다운증후군이라는 장애가 있는 막내 고모가 있다. 다운증
후군은 염색체 이상에 의한 것으로 겉보기에도 일반인들과 다른 모습
을 하고 있어 누구나 보면 금방 장애인이라는 것을 알게 된다. 내가 어
렸을 때에는 고모와 함께 장난도 치고, 어린 나를 업어서 키워주셨던
것을 아직도 기억하고 있다. 그러나 세월이 지나 막내 고모가 일반인
들과 다르다는 것을 조금씩 알게 되었다. 어릴 적에는 어린마음에 장
애인 고모가 얼마나 창피했는지 모른다. 그래서 나는 단 한 번도 친구
들을 집으로 초대한 적이 없다. 그러나 나이가 들고 지금에 와서 되돌

아보면 그러한 것들이 내게는 얼마나 큰 자산이고, 돈으로 살 수 없는 산교육이 되었는지 모른다.

장애가 있는 고모와 함께 살아가며 나는 어려서부터 확고한 꿈이 있었다. 바로 '장애인들의 아버지'가 되는 것이다. 이 비전을 나는 어려서부터 지금까지 단 한 번도 흔들린 적이 없다. 비록 어떻게 가야 하는지 방법적인 면에서는 아직도 고민 중에 있지만 목표가 확실하니 언젠가는 이루리라 믿는다.

장애가 있는 고모와 함께 살면서 나는 자연스레 '측은지심'을 배우게 되었다. 그래서 장애가 있거나 어려운 환경에서 살아가는 사람들을 보면 자연스레 눈이 가고 돕고 싶은 마음이 든다. 그래서 어려서부터 늘 주변에 힘들고 외로운 친구들과 함께 하는 것을 즐겨하였고, 이들과 함께한다는 이유로 왕따를 당하는 것도 나는 아무렇지 않았다. 20살이 되던 해부터 나는 본격적으로 봉사를 시작했다. 교회에서 운영하는 방과 후 프로그램인 '사랑학교'에서 장애학생들의 사회적응 및 달란트를 개발하는데 힘썼다. 봉사를 하며 물론 힘들고 지칠 때도 많았지만 학생들이 나의 수업을 듣고 즐거워하는 모습을 보거나, 부모님들이 믿고 맡길 수 있어서 감사하다는 이야기를 들을 때 나는 너무나 행복하다. 어느 날은 '사랑학교' 한 학기의 마지막 수업을 마치고 집으로 돌아오는 날, 벌써 아이들이 보고 싶어 눈물을 흘린 적도 있다.

나의 학창시절은 '공부 못하는 모범생'이었다. 착하고 성실한데 공부는 못하는 그런 학생이었다. 아마 부모님 입장에서는 이보다 더 속터지는 자녀는 없으리라 생각되지만, 어머니는 끝까지 나를 인정해 주시고 응원해 주셨다. 그런데 재수를 할 때에 그러한 어머니마저도 나에게 실망을 하신 적이 있다. 재수를 해서가 아니다. 재수를 하면서도 너무 봉사에 치중한다는 것이었다. 공부에 더욱 집중을 해도 모자를 판에 주말이나 주중 할 것 없이 봉사를 간다고 하니 속이 터질 수밖에 없었을 것이다. 그러한 어머니를 이해 못하는 것은 아니지만 언제나 나를 믿어주셨던 어머니였기에 내심 서운한 마음에 눈물을 흘린 적도 있다. 그때 내가 왜 봉사에만 집중했을까, 라는 생각을 해보면 이유는 단 한가지였다. 바로 책이 나에게 그러한 영향을 주었다.

재수를 할 그 당시에도 새벽 일찍 일어나 독서실이 오픈하는 시간까지 집에서 책을 봤다. 그 중에서도 내가 출석하고 있는 명성교회 김삼환 목사님의 책들을 거의 매일 읽었다. 수능공부는 둘째고 매일 하루에 한권씩은 읽었던 것 같다. 그때에 나의 가치관이 형성 되었고, 내가 살아가야 하는 목적의식이 자리 잡히는 시간이었다.

김삼환 목사님은 시무하시는 교회에서 쫓겨나다시피 하여 소유하고 있는 돈으로는 갈 곳이 없어 명일동 버스 종점, 상가 건물에 개척을 했다. 지금이야 명일동이 많이 발달되어 CGV영화관이나 대형 옷가게들도 들어섰지만 그 당시에는 논과 밭뿐인 허허벌판이었다. 그리고 버스 종점이라 사람들을 찾아보기도 어려웠다. 어렵게 목회를 다시 시작한 김삼환 목사님은 어려운 환경 가운데서도 개척한 바로 그 해부터 지방의 미자립 교회에 후원을 시작했다. 미자립 교회가 미자립 교회를 돕기 시작한 것이다. 보통 어느 정도 유지가 될 만한 상황에서 남을 돕는 것이 상식적인 생각이고 일반적인 행동인데 김삼환 목사님은 그렇게 생각하지 않았다. 어려울수록 더 어려운 교회를 도와야 한다는 것이다.

나는 이때 큰 충격과 함께 나의 생각이 틀리지 않았다는 마음에 눈물이 날 정도로 감사했다. 김삼환 목사님은 책에서 "빚을 내서라도 도우라."고 말하고 있었다.

세상 사람들은 이렇게 말을 한다. "남을 돕는 것은 우선 내가 잘되고 그 다음에 도와도 늦지 않다."고. 그런데 아니다. 그건 이미 늦었다. 내가 잘되기까지 어려움에 처한 사람들이 기다려주지 않는다. 그리고 내가 만약 잘 된 후에 돕는다 해도 그것은 어디까지나 내가 쓰고 남은 것으로 돕는 것일 뿐이다. 내게 없는 것을 소유할 때까지 기다리는 것이 아닌 내게 있는 것으로 도와야 한다. 시간이 있는 사람은 시간으로, 지식이 있는 사람은 지식으로, 건강이 있는 사람은 건강으로도 얼마든지 도울 수 있다.

《나는 3D다》의 저자이자 카이스트 산업 디자인학과의 배상민 교수는 이렇게 말했다.

"기부나 자선을 말할 때 흔히 '다음 기회로 미루지 말고 당장 행동으로 옮기라.'고 한다. 이 말은 전적으로 옳다. 많은 이들이 무언가 세상에 좋은 일을 하고 싶다고 하면서도 다음에 형편이 나아진 뒤에, 지금보다 뭔가를 더 이룬 뒤에 실천하겠다고 다짐한다. 하지만 '다음'은 없다. 내가 가진 행복을 못 보고 파랑새를 찾아다니는 것과 마찬가지다. 사람들은 내가 가진 것을 나보다 못한 사람에게 주는 것을 나눔이라 생각하지만, '준다.'는 생각을 하면 원래 가지고 있던 내 것이 아까울 수밖에 없다. 하지만 나눔은 내 것을 나누고, 그것을 받은 사람이 또 다른 사람에게 나누어, 결국은 내게 돌아오는 것이다."

군대에 제대한 후 나는 바로 돈을 벌어야 했다. 공부를 하던 무엇을 하던 집에만 있을 수 없는 형편이었기 때문이다. 그때 지인의 소개로 분당에 있는 대안학교인 샘물학교에서 같이 일해보지 않겠냐는 제안을 받았다. 샘물교회에 소속되어 있는 샘물학교는 비장애학생들과 장애학생들이 함께 수업하는 통합학교였다. 나 역시 장애학생들에 대해 관심이 많았기에 즐거운 마음으로 함께 한다고 했다. 비록 월급은 80만 원 정도 되는 적은 돈이었지만 나는 그때부터 매년 후원할 곳을 선정하여 남을 돕기 시작했다. 해가 바뀔 때마다 하나씩 늘려가며 남 돕는 것을 실천했다. 어느 해에는 두 곳을 늘려 돕기도 했다. 그러한 것이 조금씩 늘어 현재 12곳을 후원하고 지원하고 있다.

장애인 시설, 노숙자, 해외 빈 민국 아이들, 해외선교사, 기독교방송국, 북한 아이들 등 점점 후원을 늘려 나갔다. 후원을 하며 마음이 부자가 되는 듯했지만 나 역시 여유가 있는 상황이 아니었기에 경제적으로 어려움을 느꼈다. 몇 달 동안은 후원비가 모자를 때가 있어 현금 서비스를 이용하여 후원 한 적도 있다. 김삼환 목사님 말씀대로 정말 빚을 져서 돕는 꼴이 되었던 것이다. 그러나 나는 후회 하지 않는다. 나는 내가 잘나서 따뜻한 밥을 먹고 사는 것이 아닌 만큼 내가 가진 것이 있다면 얼마든지 나보다 힘들게 살아가는 이들에게 나눠줘야 한다고 생각하기 때문이다.

책을 읽고 나서 나의 유익을 위해서만 살아간다는 것은 제대로 된 책을 읽지 않았거나 제대로 된 독서법을 수행하지 않은 것이다. 독서의 완성은 실천이다. 세계적인 자선사업가나 기부가가 되고 싶다면 지금 자리에서 성공자의 삶을 시작해보라. 내가 가진 것을 다른 사람들과 나눌 때 당신은 이미 세계적인 성공자가 되어 있을 것이다.

나는 읽는 대로 만들어 지고 있다

사람은 읽는 대로 만들어 진다. 그 사람이 어떤 책을 만나든
그 책은 당신에게 좋은 선생님이자 좋은 가이드가 되어 줄 것이다.
꿈이 있다면 책이 보다 더 큰 꿈을 꾸도록 할 것이다.

벼룩은 보통 2~4mm 정도의 아주 작지만 자신 몸에 200배 이상까지 점프를 할 수 있는 능력이 있다. 이것을 토대로 어느 연구소에서 재미있는 실험을 진행했다. 한 마리의 벼룩을 유리병에 담아 유리병 위를 뚜껑으로 차단한 후 벼룩의 상태를 지켜보기로 한 것이다. 벼룩은 계속해서 점프를 하지만 차단된 뚜껑에 자꾸 머리를 부딪치게 된다. 시간이 지난 후 차단된 뚜껑을 열었을 때 어떻게 되었을까? 유리병을 충분히 탈출할 수 있는 능력이 있음에도 벼룩은 유리병 이상의 점프를 시도하지 않게 된 것이다.

이와 비슷한 또 하나의 실험이 있다. 어느 서커스단의 코끼리 길들이기다. 서커스단에서는 코끼리를 어렸을 때부터 조련 시킨다. 큰 나무 통에 어린 코끼리 다리를 매달아 탈출하지 못하도록 하는 것이다.

어린 코끼리는 처음에는 그곳을 벗어나려 안간힘을 쓰지만 통나무 힘을 견뎌내지 못하고 이내 포기하고 만다. 그러나 시간이 지나 거대한 크기의 코끼리가 되어서는 큰 통나무가 아닌 작은 통나무에 매달아만 놔도 탈출을 시도하지 않는다. 충분히 벗어날 수 있는 힘이 있음에도 지난날의 실패했던 경험들이 코끼리의 뇌를 덮은 것이다. '내가 수없이 해봤는데 어차피 노력해봤자 나는 이곳을 벗어날 수 없어.'라고 자신의 한계를 이미 제한해 버렸기 때문이다. 충분히 통나무를 뽑고도 남을 만큼의 힘이 코끼리에게 있음에도 말이다.

현대 직장인들의 삶을 보면 위에 두 실험에 나타나는 벼룩과 코끼리의 삶에서 크게 벗어나지 않는다. 직장이라는 울타리 안에서 자신의 능력을 제한해 버린다.

'요즘 같은 세상에 직장에서 잘리지 않은 것만도 다행이지.'

'지금 직장에 다니는 것도 버거운데 꿈은 무슨 꿈이야.'

더 이상 자신의 능력을 개발하거나 발달시키려고 하는 노력 없이 그저 주어진 환경에 순복하며 살아가는 것이다. 이 얼마나 안타까운 현실인가. 그 안에는 보다 높고 보다 넓은 곳으로 나아갈 수 있는 능력이 있음에도 직장인들은 그저 내 삶이 최선이라고 굳게 믿고 살아가는 것이다.

현대 경영학의 창시자인 피터 드러커의 《프로페셔널의 조건》에서 그는 이렇게 말했다.

"사람은 스스로 성취하고 획득할 수 있다고 생각하는 바에 따라 성장한다. 만약 자신이 되고자 하는 기준을 낮게 잡으면, 그 사람은 더 이상 성장하지 못한다. 만약 자신이 되고자 히는 목표를 높게 잡으면 그 사람은 위대한 존재로 성장할 것이다. 일반 사람이 하는 보통의 노력만으로도 말이다."

당신은 자신의 기준을 어디까지 제한하며 살아가고 있는가?

어느 날 L이라는 한 여자가 내가 운영하는 카페의 글을 보고 컨설팅을 요청해왔다. 나 역시도 직장의 행사 준비로 너무나 바빴지만 너무나 간절하게 부탁하여 저녁에 퇴근하고 서로의 중간지점에서 만나 차 한 잔을 하며 이야기를 나누었다. 첫 인상은 너무나 밝고 쾌활하였으나 자신의 이야기를 시작 하면서부터 그는 눈가의 눈물이 고이기 시작했다. 그녀는 산업디자인 쪽으로 일을 하고 있는데 자신이 하는 일에 즐거움을 느끼지 못하고 있었다. 그녀의 꿈은 화가가 되는 것인데, 퇴근 후 몸은 피곤하지만 미술학원에서 그림을 배우고 있다. 처음에는 하고 싶은 일을 준비하는 것이 너무나 행복했지만 젊은 사람들과 함께 그림을 배우다 보니 자신의 부족한 실력이 부끄럽고, 젊은 사람들과 비교되는 것에 자존감이 바닥까지 떨어졌다고 한다. 그래서 이제 더 이상 꿈에 도전하는 것을 포기하고 내가 하고 있는 일이나 잘 해야 하나 고민하던 참에 도전을 멈추지 말라는 나의 카페 글을 보고 연락했다는 것이다.

나는 L씨에게 독서를 권면했다. 인간은 누구나 자신에게 주어진 환경만큼 보게 되어 있고, 환경만큼만 생각하게 되어있다. 그러나 책은 보다 넓고 보다 높이 바라볼 수 있도록 하며, 내 자신의 한계를 바라보지 않고 나의 내면의 힘을 발견하도록 계속해서 동기부여를 해주기 때문이다. 그만큼 당신은 어떠한 책을 읽든지 읽는 대로 만들어 지는 것이다. 독서를 시작한 그녀는 물론 아직도 실력은 부족하지만 그 누구보다 행복하게 그림을 그리고 있으며, 지금 당장이 아닌 먼 미래를 바라보며 하나씩 준비해가고 있다.

흔히 사람들은 어떤 사람을 만나느냐에 따라 인생이 달라진다고 한다. 책도 마찬가지다. 어떠한 책을 읽느냐에 삶이 달라지고, 나의 가치가 달라지는 것이다. 나에게도 삶의 갈림길과 방황의 순간마다 나를 안내해주고 일으켜준 책들이 있다. 세상은 나에게 끊임없이 현실에 맞춰 안정된 길을 따라 살라고 하지만 책은 늘 나에게 보다 험하고 끝이 보이지 않는 힘든 길 일지라도 나에게 맞는 길을 개척해 나가라고 하는 것이다.

'우리는 우리가 읽는 것으로부터 만들어진다.' 라고 한 독일의 대문호 마르틴 발저의 말처럼 우리는 지속적으로 책을 읽어 보다 나은 나로 만들어 나가야한다.

사람은 평생 공부를 하며 살아야 한다. 배움이 멈춰버리면 그때부터 나의 성장도 멈춰버리는 것과 같다. 아무리 박사 학위를 딴 사람이라 하더라도, 대통령이라 하더라도 계속해서 배움을 이어가야 한다.

앤서니 로빈스는 다음과 같은 말을 했다.

'배움을 멈추지 마라. 지속적이고 끝없는 향상을 위해 날마다 노력을 경주하라'

살아있는 한 우리는 계속해서 경주를 해야 한다. 멈추는 순간 우리의 삶은 뒤처지게 되거나 세상에 잡아먹히게 되는 것이다.《마시멜로 이야기》를 보면 아프리카의 가젤과 사자의 이야기가 나온다.

'아프리카에서는 매일 아침 가젤이 잠에서 깬다. 가젤은 가장 빠른 사자보다 더 빨리 달리지 않으면 죽는다는 사실을 알고 있다. 그래서 그는 자신의 온힘을 다해 달린다.

아프리카에서는 매일 아침 사자가 잠에서 깬다. 사자는 가젤을 앞지르지 못하면 굶어죽는다는 사실을 알고 있다. 그래서 그는 자신의 온힘을 다해 달린다.

당신이 사자이든, 가젤이든 마찬가지다. 해가 떠오르면 달려야 한다.'

그렇다. 누구든지 해가 떠오르면 달려야 한다. 하루라도 달리지 않는다면 도태되거나 굶어죽든지 잡혀 죽든지 죽게 되는 것이다. 배움도 이와 같다. 배움을 멈추는 순간 당신은 현대처럼 초스피드로 살아가는 사회에서 살아남을 수 없다.

얼마 전 블로그에 관심이 생겨 수업을 들은 적이 있다. 카카오톡과 페이스북 밖에 모르던 내게 블로그라는 세상은 신세계 그 자체였다. 수업 중 블로그 강사님께 흥미로운 이야기를 하나 전해 들었다. 블로그라는 세계도 디자이너처럼 계속해서 공부하고 현대 흐름을 파악하지 않으면 더 이상 이 일을 지속할 수 없다는 내용이었다. 본인도 블로그 전문가가 되어 많은 사람들에게 블로그에 대해 강의를 하지만 끊임없이 현대 트랜드를 공부한다는 것이다.

'어떤 사람들은 이미 25살에 죽어버리는데 장례식은 75살에 치른다.'라는 벤자민 프랭클린의 말처럼 대부분의 사람들은 젊을 때에 배움을 멈춰버린다. 그러면 그때 이미 죽은 거나 다름없다. 배움은 끊임없이 이어가야 한다. 굳이 다시 학교에 들어가 공부를 시작하라는 이야기가 아니다. 우리는 언제 어디서든 책을 통해 새로운 세상을 발견할 수 있고, 학습할 수 있다. 오히려 학교에서 배우는 것보다 더 현실적이고 실질적인 공부를 할 수 있도록 돕는 것이 바로 책이다. 그래서 세계적으로 성공한 CEO들이 석사·박사 학위는 없어도 책을 손에 놓지 않는 이유가 바로 여기에 있다.

성공했는가? 그렇다면 책을 끊임없이 읽어야 한다. 자신의 삶이 평범하다고 생각되는가? 그렇다면 더더욱 열심히 책을 읽으며 배움을 쉬지 말아야 한다.

내가 아는 K라는 남자아이는 고등학교에서 자퇴를 한 소위 '날라리'인 친구다. 함께 만나 이야기를 해보면 너무나 순수하고 착한 아이지만 어려서부터 알게 모르게 상처가 깊어 학교생활에 적응을 하지 못했다. 부모님들의 간곡한 부탁으로 시간을 내서 그 친구와 만나 이런저런 이야기를 했다. 분위기가 무르익자 K군이 나에게 물었다.

"선생님, 저는 할 줄 아는 것도 없고, 하고 싶은 것도 없어요. 그리고 왜 사는지도 모르겠고요."

나는 이 친구에게 뭐라고 답변과 위로를 해줘야 할지 막막했다. 나의 한마디에 그의 인생이 달라질 수도 있을 거라는 막중한 책임감이 나를 짓눌렀다. 그래서 나는 우선 그 친구와 함께 근처 피자집에 가서 맛있게 식사를 하고, 그 다음에 책방으로 이동하여 책을 선물해 줄 테니 읽고 싶은 책을 가지로 오라고 했다. 처음에는 그냥 제일 비싸고 그림이 많은 책을 가져 왔기에 내가 직접 추천해 주었다. 쉽게 읽을 수 있으면서도 이 친구에게 도움이 될 만한 《마시멜로 이야기》였다. L군의 반응이 시큰둥하여 과연 책을 읽을 수 있을까 했는데 다음 만남 때 나에게 먼저 다가와 상기된 표정으로 "선생님, 마시멜로 다 읽었어요. 다음 책도 추천해주세요." 그래서 여러 번 연락하며 책을 추천해 주었다.

세월이 지나 하루는 거리를 가다가 우연히 K군을 만났는데 나에게 이러한 이야기를 해주었다.

"김태진 선생님, 저 요즘에도 가끔은 책 읽어요. 아직은 많이 부족하지만 책에 있는 사람들처럼 열심히 살아가기 위해 노력하고도 있고요, 지금은 나의 꿈을 위해 제과제빵학원에서 기술을 배우며 취업도 준비하고 있어요. 그때 책 같이 읽어주셔서 감사해요. 멋진 사람이 되어서 다시 선생님 앞에 나타날게요."

그 이야기를 듣는 순간 울컥하며 눈물이 나는 것을 간신히 참았다.

책 속에는 꿈꿀 수 있는 미래가 무수히 펼쳐져 있다. 산만하게 여기저기 흩어져 있던 막연한 꿈들을 구체화 시킬 수 있는 길들이 열려 있다. 그래서 책은 삶의 희망을 주고 꿈을 지속할 수 있는 꿈력을 심어주는 것이다.

사람은 읽는 대로 만들어 진다. 그 사람이 어떤 책을 만나든 그 책은 당신에게 좋은 선생님이자 좋은 가이드가 되어 줄 것이다. 꿈이 없다면 책을 통해 꿈을 꾸어라. 꿈이 있다면 책이 보다 더 큰 꿈을 꾸도록 할 것이다. 사람은 누구를 만나느냐가 중요하다. 당신이 성장하는 것은 전부 만나는 사람들에게 배우기 때문이다. 그러나 주변에 롤 모델이 없다면 책을 통해 롤 모델을 만나고 그가 살아온 방법대로 생각하고 살아가면 된다. 그러면 어느 순간 당신도 롤 모델을 닮아가고 있을 것이다. 당신은 반드시 읽는 대로 만들어 질 것이다.

당신이 읽은 책이 삶을 결정한다

책을 읽어갈수록 내 인생의 주인공이 남이 아닌 내가 되었다.
아무 보잘 것 없고 흔하고 흔한 돌덩이와 같은 나의 삶이었다면, 책이라는 매개체를 만나
깎이고 다듬어져서 값진 보석이 되고 있는 것이다.

사람들은 흔히 어떠한 사람들을 만나느냐에 따라 인생이 달라진다
고 한다. 나 역시도 어릴 적에 만났던 친구들의 영향을 많이 받으며 살
았다. 사춘기 때에는 가족보다 친구의 영향을 더 많이 받는다고 하는
데 내가 그랬다. 친구들의 말 한마디가 나의 가치관이 되고, 친구들의
행동 하나가 나의 태도가 되었다. 사춘기 때는 친구가 연예인이자 선
생님이 되던 때가 있었다.

책도 마찬가지다. 내가 어떤 책을 만나느냐에 따라 나의 삶이 달라
지는 것이다. 힘이 들 때 힘을 주고, 넘어졌을 때 일으켜주고, 길이 막
막할 때 길을 보여주는 책을 만났기에 꿈을 포기하지 않고 지금의 내
가 있는 것이다. 어떤 책을 언제 읽느냐가 우리의 내면을 바꾸는 결정
적인 역할을 한다. 책을 통해 의식을 바꾸고 내면을 풍성하게 하는 책

을 만나면 당신의 삶을 재발견하게 된다. 전에는 할 수 없다고 생각 했던 것들이 가능하게 느껴지고, 전에는 감히 상상하지도 못했던 꿈들이 조금씩 현실화되어 가는 모습을 보는 것이다. 우리 안에 들어온 책 속의 내공들이 점점 나 자신의 것으로 쌓이게 될 때에 그것이 삶을 바꾸는 것이다.

지금 혹시 인생의 사춘기를 보내고 있는가. 그렇다면 반드시 좋은 책을 만나야 한다. 내가 읽은 책이 나의 인생을 결정하기 때문이다.

독일의 극작가 이자 소설가인 마르틴 발저는 "우리는 우리가 읽는 것으로부터 만들어진다."라고 했다. 내가 어떠한 책을 읽느냐에 따라 삶의 변화를 가능하게 하고, 나의 삶을 결정하게 된다는 것이다.

당신이 읽은 책이 삶을 결정하기 위해서는 변화하려는 마음이 중요하다. 그 마음이 정말 간절해야만 가능하다. 간절한 마음으로 책을 읽는다면 분명 독서를 통해 삶의 혁명을 만나게 될 것이다.

나 역시 재수시절에 자살까지 생각했으나 새벽을 만나고 독서를 하기 시작하면서 나의 삶의 패러다임이 완전히 180도 변하는 삶을 살게 되었다. 늘 남들과 비교하고, 패배의식으로 가득한 삶이었지만 간절함으로 수많은 책들을 읽어나가기 시작했다. 그러면서 나의 삶에 자존감이 높아졌으며, 하고 싶고 이루고 싶은 것들이 하나씩 늘어나기 시작했다. 이처럼 간절함으로 읽는 독서는 사람의 삶을 변화시키고, 불가능한 상황에서도 꿈을 바라보는 비전을 갖게 된다.

미국의 기업인이자 투자의 귀재로 알려져 있는 워런버핏과 한 끼 식사를 하는데 수십억의 비용이 든다. 그만큼 같은 테이블에 앉아 식사를 하며 짚어주는 말 한마디가 수십억의 가치가 있기 때문이다. 당신도 정말 가치 있는 것에 투자를 해야 한다. 목표를 붙잡고 독서로 보이지 않는 꿈에 투자해야 한다. 독서는 최고의 투자이자, 세상의 그 어떤 투자보다 가치 있는 것이다. 바로 자신에게 투자하는 것이기 때문이다. 나에게 투자를 하면 잃는 것도 없고, 중간에 배신하는 일도 없다. 투자를 한 만큼 얻어가는 것이 바로 나에게 투자하는 것이다.

책을 읽어갈수록 내 인생의 주인공이 남이 아닌 내가 되었다. 조연도 엑스트라도 아닌 주연인 삶 말이다. 아무 보잘 것 없고 흔하고 흔한 돌덩이와 같은 나의 삶이었다면, 책이라는 매개체를 만나 깎이고 다듬어져서 값진 보석이 되고 있는 것이다.

직장생활을 하다보면 정말 원해서 하는 일보다는 원하지 않은 일들을 할 때가 더욱 많이 있다. '이러려고 내가 이 직장에 들어왔나.' 생각하며 자괴감까지 들기도 한다. 그러나 책을 읽는 사람들은 이러한 것들에 크게 개의치 않는다. 오히려 이러한 어려움이 나에게는 스펙이 되어 더욱 나를 빛나게 하는 하나의 소스가 되는 것이다. 뿐만 아니라 책을 읽을수록 내 삶이 어떠한 상황에서도 긍정적으로 변하는 모습을 발견하게 된다.

얼마 전 한 기업에서 장애아이들을 대상으로 겨울캠프를 떠나는 팀에게 전액 후원금을 지원해 준다는 공고를 보고 바로 서류를 작성하여 신청했다. 그러나 며칠 후, 함께 일하는 대부분의 많은 선생님들이 경쟁률이 너무 쌔졌다며 포기해야 될 거 같다고 말을 해주었다. 그러나 나는 왠지 될 것만 같았다. 며칠 후 어떻게 되었을까? 감격스럽게도 합격이 되어 수업하는 장애 학생들과 함께 2박3일로 평창여행을 잘 다녀올 수 있었다.

이러한 일들은 수없이 많다. 내게 행운이 오기 전에 자리를 떠 버리면 어떠한 행운들도 나의 것으로 만들 수 없듯이 늘 행운의 자리를 지켜야 하는 것이다. 이 비바람 부는 세상에서 중심을 잡기 위해서는 독서를 해야 한다. 당신이 읽은 책이 매일의 삶을 결정하는 것이다.

실패하는 사람들은 항상 환경을 탓한다. 내가 성공하지 못한 이유들을 늘 내 자신이 아닌 다른 곳에서 찾으려 한다. 부자 부모님을 만나지 못한 것, 좋은 인맥이 없는 것 등 늘 주변을 중요하게 생각하는 것이다. 그러나 정작 중요한 것은 외부가 아닌 내부에 있다. 세상의 수많은 성공자들의 이야기를 들어보면 한 결 같이 어려운 환경에서 불굴의 의지로 이겨내고, 해내고야 말겠다는 신념으로 살아갔기에 성공을 할 수 있었다고 말한다. 우리는 내 자신이 아닌 주변에서 성공의 원인을 찾는 안 좋은 습관을 버려야 한다. 과거의 잘못된 습관을 버리고 새로운 좋은 습관들로 자신을 재무장해야 한다. 그것이 바로 독서다.

책을 읽는 것은 나를 변화시키는 가장 적극적인 행동이다. 가만히 앉아 책만 바라보는 것 같지만 책을 읽고 있는 사람들은 내면에서 끊임없이 긍정적인 생각들이 피어오른다. 이러한 생각들이 결국 성공마인드로 이어져 나를 성공자로 만들어 주는 것이다. 설령 지금 당장 좋은 결과를 얻지 못한다 할지라도 계속해서 독서의 씨앗을 뿌릴 때, 결실의 계절이 오면 풍성한 열매를 얻게 된다.

너새니얼 호손의 단편소설 《큰 바위 얼굴》에 나오는 어니스트는 어머니의 영향으로 어린 시절부터 큰 바위 얼굴을 닮은 사람을 동경한다. 그래서 마을에 큰 바위 얼굴을 닮은 사람이 나타났다고 하면 늘 가장 먼저 달려가 확인을 하지만 자신이 생각했던 그러한 사람은 아니었다. 그렇게 세월이 흐른 후 놀라운 사실을 발견했다. 계속해서 큰 바위 얼굴을 동경해 왔던 어니스트 자신이 큰 바위 얼굴을 닮아 있었던 것이다.

책 역시 이와 같다. 내가 동경하는 사람들의 이야기를 반복하여 읽고 삶을 따라 한다면 당신도 모르는 사이에 책 속의 인물을 거울을 통해 확인해 볼 수 있을 것이다. 사람은 읽는 만큼 자라고, 보는 만큼 성장하게 되어 있다. 당신이 어떠한 책을 만나느냐가 당신의 미래를 결정한다고 해도 과언이 아니다.

초등학교 과학시간에 배운 프리즘을 나는 굉장히 신기해했다. 하나의 빛이 프리즘을 통과하여 무지개 색으로 변화하는 모습이 너무나 아름다웠다. 독서가 나에게는 프리즘과 같은 역할을 해준다. 아무 소망도 희망도 없이 그저 주어진 대로 살아가는 내 인생이었지만, 책이라는 프리즘을 만나 현재 나는 무한히 꿈을 꾸는 인생으로 달라져 있기 때문이다. 분산되어 있는 꿈들을 한 곳으로 모으는 것이 새벽이라면, 수많은 꿈으로 연결해 주는 것은 바로 독서이다. 프리즘과 같은 새벽을 만나 책을 읽는다면 당신의 꿈은 세계로 뻗어나가게 될 것이다.

| 05 |

●

지금 읽는 책이 나의 미래다

독서력은 꿈꾸는 능력을 말한다. 꿈꾸는 능력은 당신의 미래를 변화시킨다.
지금의 삶에 만족하지 않는다면 지금 당장 독서력을 갖춰야 한다.
독서력이 당신의 미래이기 때문이다.

나는 남들이 한 두 번이면 끝내는 수험생활을 5년 넘게 했다. 그 스
트레스가 이만저만이 아니었다. 그렇다고 좋은 대학을 간 것도 아니
고, 결국에는 누구나 지원하면 합격이 가능한 사이버대학에 입학했다.
낙심되고 하루하루 살아가는 것이 그렇게 불안할 수가 없었다. 내세울
스펙도 없고, 괜찮은 배경도 없는 것이 현실이었다. 그러나 나는 그 때
를 전혀 후회하지 않는다. 오히려 그때가 감사하다. 바로 '책'이라는
선물을 만났기 때문이다.

다른 거는 다 부족해도 책 읽는 거 하나 만큼은 나도 할 수 있을 거
같았다. 그래서 정말 치열하게 독서에 매달렸다. 하루에 많게는 3권의
책을 읽을 만큼 나는 소위 '책에 미쳐' 있었다. 주변에서는 나를 실패
자로 보지만 책만큼은 끝까지 나를 응원하며 나에게 과분한 꿈들을 꾸

게 했다.

　재수를 할 때에 교회 목사님께 한 권의 책을 선물 받았다. 그때만 해도 책은 교과서 외에는 보지 않았기에 책 선물이 사실 그렇게 달갑지는 않았다. 그렇게 선물 받은 책을 책상 한 구석에 꽂아두고 시간이 흘렀다. 시간이 한참 흐른 뒤에 공부는 하기 싫고 해서 꺼내 뒤적거리며 읽게 되었다. 그 전에는 책 제목이 눈에 들어오지도 않았는데 힘들 때 보니 책 제목만으로도 나에게 큰 위로가 되었다. 《우리가 오르지 못할 산은 없다》라는 책인데 고(故)강영우 박사가 쓴 책이었다.

　강영우 박사는 어렸을 때 축구공에 맞아 양쪽 시력을 다 잃은 상황에서도 끝까지 꿈을 포기 하지 않았다. 그리고 열심히 공부하여 비록 앞은 보이지 않지만 더 멀리 바라보며 비전을 향해 나아가는 모습이 얼마나 큰 위로와 힘이 되었는지 모른다. 마치 인생이 끝난 거 마냥 한숨 만 푹푹 쉬며 살아가는 내게 한 줄기의 빛과 같았다. 칠흑같이 어두운 나의 삶에 희망이라는 빛을 비추게 된 것이다. 나는 시력은 있지만 강영우 박사보다 멀리 보지 못하고 내 앞만 바라보며 살아가는 모습이 한심했으나 이 책을 통해 나도 달라지기로 다짐했다.

　책을 읽는다고 모든 사람들이 변화되는 것은 아닐 것이다. 어떤 사람은 수많은 책을 읽어도 전과 다를 바 없는 삶을 살아가고 있는 반면, 또 어떤 사람은 한 권의 책을 만나 인생을 완전 역전한 사람이 있다. 아니 한 줄의 글만으로도 인생을 바꿔 세상의 위인으로 만들어 주기도 한다. 책을 바라볼 때에 '뭐, 힘든 고난을 겪다가 나중에는 잘되겠지' 하며 불 보듯 뻔한 이야기라고 생각하는 사람들도 많이 있다. 그러나 책을 대하는 태도와 마음가짐에 따라 그 책은 엄청난 효과를 발휘하게 되는 것이다.

미국의 시인이자 철학자인 랄프 왈도 에머슨은 '책을 읽는다는 것은 많은 경우에 자신의 미래를 만드는 것과 같은 뜻이다.' 라고 했다. 내가 읽은 책들이 나의 미래를 만든다는 것은 정말 생각만 해도 가슴을 두근거리게 한다. 늘 먹고 살기 급급하고 하루하루가 피곤의 연속이었지만 미래를 만들어 가는 독서시간 만큼은 무슨 일이 있어도 시간을 내지 않을 수 없었다. 그러면 처음에는 피곤한 몸과 마음으로 책장을 펼치지만 한 페이지씩 읽어 나갈 때마다 점점 가슴이 부풀어 오르는 듯 한 느낌을 받았다. 나의 분주함을 내려놓고 책에 집중하는 순간, 나의 지친 모든 세포들이 일어나는 느낌이었다. 그래서 나는 지금도 하루에 1시간 이상씩은 꼭 시간을 내어 책을 읽는다.

때때로 내가 너무나 초라하게 느껴지고, 삶의 불안과 걱정이 나를 둘러쌀 때가 있다. 그러할 때는 더 치열하게 독서를 할 수 밖에 없었다. 책이라도 읽지 않으면 부정적인 생각들이 나의 온몸을 감싸는 느낌이 너무도 싫었기 때문이다. 주변 모든 사람들이 나를 걱정하듯 조언을 해주지만 그러한 것들은 사실 잘 들리지 않았다. 오직 책만이 나에게 진짜 위로가 되고 힘이 되어 주었다.

남들보다 뒤쳐져 있다고 생각이 든다면 잠시 삶의 속도를 늦출 필요가 있다. 삶의 속도를 늦추고, 잠시 멈춰 서서 나의 삶의 방향을 다시 잡아야 하는 것이다. 방향을 잡을 때에 책이라는 길동무를 만나게 된다면 가장 빠르고, 가장 안전한 길로 인도해 줄 것이다.

책을 읽으며 '버킷리스트'라는 것을 알게 되었다. 자신이 하고 싶고, 되고 싶고, 갖고 싶은 것들을 적고 그것을 생생하게 꿈꾸면 이루어진다는 내용이었다. 처음에는 기대 반 의심 반으로 책을 읽어나가기 시작하였는데 점점 나에게 꼭 필요한 것이라는 생각이 들어 집안에 굴러다니는 수첩을 꺼내 들었다. 거기에 숫자를 1부터 50까지 적고 정말 내가 꿈꾸는 것들을 적어나가기 시작했다. 처음부터 너무 거창한 것을 적기에는 좀 현실에 안 맞는다고 생각하여 지금 당장 이루어질 수 있는 것들을 먼저 적기 시작했다.

－하루에 책 1시간씩 읽기
－운동해서 건강한 몸만들기
－새벽에 일찍 일어나기

하나하나 쓰다 보니 점점 욕심이 생기기 시작했다. 어차피 이루어지든 안 이루어지든 우선 적자는 마음으로 보다 큰 꿈을 적기 시작했다.

-책 쓰는 작가되기

-나만의 서재 갖기

-매년 한 곳씩 후원 하는 곳 늘리기

-헌혈 자주하기

-선교사님들 돕기

매일 새벽마다 일어나 수첩을 꺼내들고 1부터 50까지 눈으로 읽고 난 후 생생하게 꿈꾸기 시작했다. 어느 날은 마치 내가 그 꿈들을 모두 실현한 듯한 착각이 들 정도로 행복했다. 그런데 정말 신기한 일들이 일어났다. 내가 적고 말 한대로 하나씩 이루어져 가는 것이었다. 위에 적은 버킷리스트들은 벌써 다 이루어진 것이다. 그래서 새로운 버킷리스트들을 적어나가기 시작했다. 공저로 쓴 책《되고 싶고 하고 싶고 갖고 싶은 47가지》에 나는 다음과 같이 적었다.

"장애인들이 행복하게 일할 수 있는 사회적 기업을 10곳 이상 만드는 작지만 위대한 꿈을 말이다. 물론 지금은 방법도 모르고 어디서부터 시작해야 하는지도 잘 모른다. 하지만 뜻이 있는 곳에 길이 있다고, 계속해서 꿈을 꾸고, 글로 적고, 입으로 선포하고, 간절히 바라면 이루어지리라 나는 믿는다.

뿐만 아니라 나는 국내에 국한되지 않고 해외로 진출하여 아프리카와 같은 빈민국에서도 이러한 기업들을 만들어 세계의 모든 장애인들이 삶다운 삶을 누리며, 행복한 사회생활을 할 수 있도록 도울 것이다. 그리고 직원에서 만족하지 않고 장애인도 사장이 되는 살짝은 또라이 같은 큰 꿈도 꾸고 있다."

사실 책을 읽기 전에는 이러한 생각조차 하지 못했다. 그저 나의 삶에 치여 나 하나만 감당하기에도 버거운 게 현실이었다. 그런데 책을 통해 나는 보다 더 큰 세상을 만나게 되었고, 진짜 나를 만나게 되었다. 전에는 늘 세상에서 하라는 대로만 따라 하고, 자존감은 늘 바닥을 기어 다니고 있었다. 그러나 책을 통해 따라가는 삶이 아닌 나의 인생을 개척하는 삶을 살게 되었고, 바닥이었던 삶을 점점 끌어올리고 있다. 책은 나의 모든 군더더기들을 없애고 오직 꿈과 미래에 포커스를 맞춰 달려갈 수 있는 최적화된 몸매로 만들어 준다.

독서력은 꿈꾸는 능력을 말한다. 꿈꾸는 능력은 당신의 미래를 변화시킨다. 지금의 삶에 만족하지 않는다면 지금 당장 독서력을 갖춰야 한다. 독서력이 당신의 미래이기 때문이다. 단 한권의 책으로 바로 인생이 달라지지 않을지도 모른다. 그러나 그 책은 당신이 꿈꿀 수 있는 근육이 되어 보다 생생한 꿈을 꿀 수 있도록 당신에게 힘이 되어 줄 것이다.

06

하루를 25시간으로 살다

정말로 새벽 깨우기를 간절히 원한다면 누구나 새벽 깨우기가 가능하다.
하루를 24시간이 아닌 25시간, 26시간으로 살고 싶다면 바로 새벽 깨우기를 시작하라.
간절하다면 내가 새벽을 깨우지 않아도, 새벽이 나를 깨워줄 것이다.

"어제와 같은 하루를 살고 변화하길 바라는 당신은 정신이상자이
다."

자신의 삶이 변하기를 바라면서도 어제와 별반 다르지 않는 삶을
살아가는 이들에게 하는 아인슈타인의 충고이다. 내 주변에서도 매일
반복되는 삶에 실증을 느끼고, 변화하지 않는 자신의 모습에 답답해하
는 이들이 많다. 이들의 공통점은 늘 변화하기를 소망하지만 아인슈타
인의 말처럼 어제와 똑같이 일어나고, 어제와 똑같은 사람들을 만나
고, 어제와 똑같은 습관들로 미루고 스마트 폰을 손에서 떼는 것을 불
안해하며 살아간다.

대부분 보다 나은 삶을 꿈꾸면서도 어제와 같은 시간에 짜증 섞인
얼굴로 일어나 아침밥은 생각하지도 못하고 출근 준비를 한다. 부랴부

려 준비하고 집을 나와 사람 많은 지옥철에서 이리 치이고 저리 치이며 온갖 짜증을 내고 있지는 않은가? 겨우 지각은 면했지만 하루 종일 시루떡처럼 푹 쳐져서 겨우겨우 하루를 견디며 퇴근시간만 간절히 바라는 삶을 살고 있지는 않은가? "직장인들이 다 그런 거 아니겠어?"라고 말하는 사람도 있겠지만 이건 분명 본인들이 원하는 삶은 아닐 것이다. 그렇다면 도대체 뭐가 문제인 것일까? 해답은 간단하다. 첫 단추를 잘 못 끼었기 때문이다. 첫 단추를 잘 못 끼우다 보니 나의 하루가 전부 엉망이 되는 것이다. 하루의 첫 단추를 잘만 끼운다면 보다 여유가 가득하고 즐기는 하루를 살 수 있다. 그렇다면 하루의 첫 단추를 잘 끼우기 위해서는 무엇을 해야 할 까? 바로 '새벽'을 깨우면 된다. 하루의 첫 단추인 '새벽'을 깨워 시작한 이들에게는 늘 하루가 남들보다 길어 하루를 25시간으로 살 수 있다.

하루 24시간이 모든 사람에게 똑같은 24시간이 아니다. 첫 단추를 어떻게 끼우느냐에 따라 누구는 23시간으로, 누구는 25시간으로 살게 된다. 당신은 하루를 몇 시간으로 살고 있는가?

2015년 가을, 직장일과 교회 봉사로 몸과 마음이 너무나 지쳐 있을 때 병원에서 정기 진료를 받은 적이 있다. 그때 검진 결과로 '잠복결핵'을 진단 받았다. 평소 병원에 간 적이 없을 만큼, 건강하다고 자부하며 살았는데 내 안에 결핵이 있다고 하니 괜히 마음이 이상했다. 다행이도 잠복결핵이어서 남들에게 감염되는 것은 아니었고, 출근 및 생활에는 크게 불편함이 없었다. 다만 약을 6달 동안 아침점심저녁으로 하루에 세 번씩 먹어야 했다. 전에는 몰랐는데 결핵약은 너무나 독했다. 약을 먹으면 1~2시간 정도는 졸음이 몰려와서 생활이 힘들 정도로 약은 독했다. 그런데 이 약을 하루에 세 번이나 먹어야 했으니, 정말 곤욕이었다. 알게 모르게 스트레스를 받았는지 나의 얼굴에는 트러블이 심하게 나기 시작했다. 정말 총체적난국이 이런 상황을 두고 하는 말이 아닌가 싶을 정도로, 몸은 몸대로 약해지고, 정신적으로도 스트레스가 극에 달했다.

그러나 그러한 것보다 더욱 나를 힘들게 하는 것이 있었는데 그것은 바로 내 시간이 없다는 것이었다. 하루를 바쁘게 살지만 정작 내 시간은 없이 그냥 분주하게만 살아가는 내 삶이 너무나 싫었다.

'아, 진짜 이렇게 살고 싶지 않다. 하루에 여유라고는 단 한순간도 없고, 이렇게 바쁘게만 살아가는 내 삶이 싫다. 뭔가 방법이 없을까?'

그 때 생각해낸 것이 바로 '새벽독서'였다. 하루 종일 직장 업무와 봉사로 바쁘게만 살아가는 것이 아닌 나만의 시간인 새벽에 일어나 여유롭게 책을 보는 것으로 하루를 시작하게 된 것이다. 사실 평소에도 새벽 5시쯤 일어나기는 했지만 그보다 더 일찍인 새벽3시에 일어나 독서와 운동을 하기로 결심을 한 것이다.

그래서 나는 '새벽 3시'에 알람을 맞춰놓고 잠자리에 들었다. 그런데 역시 결핵약으로 몸이 너무나 쇠약해져 새벽에 일찍 일어나는 것이 쉽지 만은 않았다. 그래서 나는 근처 문방구에 들려 알람시계를 두 개 구입했다. 집에 있는 것까지 합하면 전부 3개가 되는 것이다. 그리고 아이패드와 휴대폰까지 합하여 총 5개의 알람을 잠자기 전 손이 닿지 않는 곳곳에 배치해 놨다. 정말 나는 새벽을 깨워 나만의 시간이 필요로 했기에 간절함으로 새벽 깨우기 작전에 돌입했다. 5개의 알람을 준비했지만 일어나는 것은 역시 쉽지 않았다. 어느 날은 5개의 알람을 전부 끄고 잔적도 있고, 어느 날은 5개의 알람소리를 자장가 삼아 숙면을 취한 적도 있었다. 그래도 새벽을 깨우기 위한 노력을 지속하였고, 어느 순간부터 큰 힘을 들이지 않아도 새벽을 깨우는 것에 성공할 수 있었다. 물론 새벽에 일어난다고 해서 다가 아니다. 눈은 떠졌지만, 몸은 아직도 깨어나지 못해 다시 잠드는 경우가 종종 있었다. 그때가 마침 겨울을 향하고 있었기에 이불속 따뜻함이 더욱 나를 유혹했다. 그럴수록 나는 눈이 떠지면 바로 이불을 침대 밑으로 던져버리고 포근한 침대에서 탈출하고자 노력했다. 그리고 어느 날은 정말 피곤하지만 나의 새벽습관을 들이기 위해 기어서 거실까지 나온 적도 있다. 지금 와서 생각해보면 정말 그때의 각오는 남달랐던 거 같다. 그렇게 하루하루 새벽을 깨우기 위한 노력들은 빛을 발하게 되었고, 결국 새벽에 일어나는 것이 나의 습관으로 장착되었다.

'기회는 고통 뒤에 따라 온다' 라는 말이 있듯이 나는 결핵으로 인해 두 가지 좋은 습관을 들일 수 있었다.

첫째, 새벽3시에 일어나 독서를 하게 되었다. 물론 전에도 새벽을 깨우기는 했지만 더 이른 시간인 남들이 잠자고 있는 시간에 일어나 여유 있게 책을 보는 이 시간이 나는 너무나 행복하다. 마치 세상을 전부 가진 사람처럼 그 누구도 부럽지 않은 습관을 얻은 것이다.

또 한 가지는, 결핵약을 먹으며 몸이 나약해져 가는 것을 느끼게 되었다. 몸이 약해지니 하루의 삶도 무기력함으로 이어져만 갔다. 그래서 나는 큰 결심을 하고 바로 헬스장을 등록했다. 사실 헬스장은 전에도 여러 번 등록만 하고 안가기를 여러 번 반복했다. 그래서 큰 결심을 하고 P.T.를 신청하여 트레이너에게 1:1로 코칭을 받았다. P.T.를 전부터 받고는 싶었으나 금액이 너무나 비싸 망설이고 있었는데, 이러한 투자가 없으면 다시 전처럼 몇 번 다니다가 바쁘다는 핑계로 포기 할 거 같았다. 그래서 나를 위해 과감하게 투자를 하게 되었다. 확실히 효과는 있었다. 30대 초반임에도 지방 투성이었던 나는 P.T.를 받으며 점점 근육질의 몸으로 변해갔다. 그리고 체력까지 좋아져 하루를 무기력한 삶이 아닌 활기차고 열정 가득한 삶을 되찾게 되었다. 이제는 P.T.를 따로 받지 않아도 혼자서 할 수 있을 만큼의 내공이 생겼고, 주변의 사람들에게 운동하는 법을 코칭 해주는 수준까지 되었다.

나는 아침에 많은 일들을 하고 있다. 새벽독서와 새벽예배. 그리고 아침운동을 마치면 남들보다 더 일찍 출근하여 미리 미리 아침 수업을 준비한다. 사람들은 어떻게 출근하기 전에 이렇게 많은 일들을 할 수 있냐고 물어본다. 그러할 때 나는 '간절함' 하나면 다 된다고 말해준다. 몸은 약해질 대로 약해지고, 나만의 여유시간 없이 너무나도 숨 막히는 생활이 나는 죽기보다 싫었다. 그래서 새벽을 간절히 깨우길 원했고, 그러한 간절함이 지금의 새벽습관을 유지하게 된 것이라고 말이다.

누구나 하루의 첫 단추를 잘 끼워 하루를 알차게 보내고 싶어 한다. 그러나 방법을 찾지 못하여 그냥 되는대로 평소처럼 살아가는 것에 익숙해져 가게 된다. 하지만 정말로 새벽 깨우기를 간절히 원한다면 누구나 새벽 깨우기가 가능하다. 하루를 24시간이 아닌 25시간, 26시간으로 살고 싶다면 바로 새벽 깨우기를 시작하라. 당신이 진정 간절하다면 내가 새벽을 깨우지 않아도, 새벽이 나를 깨워줄 것이다.

07

새벽독서로 꿈을 디자인하다

꿈이 없는 사람은 꿈이 있는 사람을 위해 일하게 된다.
평생 남들이 이룬 꿈을 위해 헌신만 하다가 헌신짝처럼 버려지는 것이다.
책이라는 보물지도를 통해 반드시 꿈 보물을 찾아야 한다.

나는 어려서부터 수많은 꿈을 꾸며 살았다. 유치원 때 까지는 그 당시 통통했던 어머니에게 엉뚱하게도 '큰 팬티'를 선물해 주는 것이 꿈의 전부였다. 그리고 이후에는 대통령, 군인, 선생님 등 주변에서 존경을 받고 이슈가 되는 이들을 꿈으로 여기며 살아왔다. 그러나 어느 순간부터 남들이 알아주는 꿈이 아닌 정말 내가 하고 싶은 일, 생각만 해도 가슴 뛰게 하는 일을 찾아 꿈을 꾸게 되었다. 그것은 바로 새벽독서가 시발점이 되었던 것이다.

새벽에 일어나 책을 읽는 것은 가치를 모르는 사람들에게는 아무리 백날 설명을 해도 와 닿지 않을 것이다. 무엇이든 가치를 아는 사람이 아는 만큼 얻어가는 것이기 때문이다. 지금의 삶이 살만하고 어려움이 없다면 굳이 달콤한 새벽잠까지 포기하며 책을 읽을 필요는 없다. 하지만 지금의 삶이 사는 거 같지 않다면, 그냥 바쁘고 분주할 뿐 남는 것이 하나도 없다면 새벽을 깨워야 한다. 새벽독서는 당신의 꿈을 열정이라는 재료로 멋지게 디자인해주기 때문이다.

나의 꿈은 작가가 되는 것이었다. 어렸을 때부터 글 쓰는 것을 좋아했고, 시를 써서 남들에게 보여주는 것에 큰 즐거움을 느꼈다. 그런데 작가가 되는 것은 그냥 꿈일 뿐 어떻게 해야 하는지 전혀 방법을 알지 못했다. 그러다 우연히 책 쓰기 수업이 있다라는 것을 알게 되었고 인터넷으로 신청하여 7주 동안 책 쓰기 수업을 받게 되었다.

전부터 틈이 날 때마다 조금씩 글과 시를 쓰고 있었는데 나는 이곳을 통하여 보다 체계적으로 책 쓰기에 대해 배우게 되었다. 주말에는 봉사활동으로 인해 시간이 전혀 안되었고, 주중에 진행하는 7주 과정 책 쓰기 수업을 들었다. 사실 모든 직장인들이 그러하겠지만 퇴근 후에 무엇을 배운다는 것은 쉽지 않은 일이다. 그러나 나는 내가 전부터 간절히 하고 싶은 것이었고, 전부터 꿈꾸던 작가의 삶을 살고 싶었기에 지치고 피곤한 몸을 이끌고 수업을 받으러 갔다. 수업을 받으러 가기까지는 너무나 힘이 들었지만, 책 쓰기 학교에서 책 쓰기 수업을 듣는 그 순간만큼은 피곤한 줄도 모를 만큼 너무나 행복했다. 직장에서 퇴근하고 늦게까지 초고를 써 나가도 전혀 피곤하지 않았다. 퇴근 후 자정이 넘어서까지 책을 쓰고 잠자리에 들어 하루에 3시간 정도밖에 잠을 자지 못한 적도 많이 있었는데 신기하게도 하루 종일 피곤한 것을 몰랐다. 그것은 바로 내가 하고 싶은 일을 하며 살기 때문이다.

생각만 해도 가슴 뛰는 일을 하며 사는 것, 내가 정말 원하는 삶을 사는 것, 그렇게 꿈을 이루며 산다면 그 어떤 장애물도 나를 막을 수 없다. 피곤하고 바쁜 것은 꿈을 이루며 사는 사람들에게는 하나의 핑계에 불과하다. 꿈이 있고, 그것을 하나씩 하나씩 이루며 살아가는 사람들은 오직 꿈으로만 가득 차 있기 때문에 장애물이 장애가 되는 않는 것이다. 그렇다면 가슴 뛰는 꿈을 찾기 위해서는 어떻게 해야 할까? 꿈을 찾기 위해서는 깨어 독서를 해야 한다. 독서는 나의 꿈을 찾게 해주고 꿈이 현실이 될 수 있도록 중매자 역할을 해준다.

나는 내가 출석하는 교회 청년부에서 팀장의 직분을 감당하고 있다. 한 팀에 60명이 넘는 청년부원들이 있다. 그래서 나는 많은 이들과 이야기를 나눌 기회가 종종 있었는데 대부분 본인의 직장에 대해 불안해하거나 걱정하는 사람들이 많이 있다는 것을 알게 되었다. 그래서 뭔가 도움을 주고 싶은 마음에 카톡으로 '독서방'을 만들어 서로 격려하며 책을 꾸준히 읽기로 했다. 독서방에서는 읽은 책 중에 인상 깊은 부분들을 글이나 사진을 찍어 서로 공유하도록 했다. 삶이 바빠서 독서를 하지 못하는 이들도 이 방에서 책 내용들을 공유하고 정보를 얻을 수 있도록 했다. 처음에는 아무도 글을 올리지 않으려고 해서

나 혼자 매일 한 장씩 말씀 큐티(Q.T.)를 찍어서 올렸다. 시간이 지난 후 그 방에 있는 이들도 읽은 책들을 공유하기 시작했다. 나 역시도 이 방에 읽은 내용을 올리기 위해 평소보다 더 열심히 책을 읽게 되었다.

어느 날 S씨가 나에게 카톡을 보내왔다. 내가 추천해준 책 덕분에 본인이 진짜 하고 싶은 일을 찾았다는 내용이었다. 사실 나는 책을 추천해준 것 밖에는 없는데 기프티콘까지 보내며 내게 고맙다는 뜻을 전했다. 그 친구가 오랫동안 꿈과 소명에 대해 고민을 하고 있던 터라 어떤 마음인지 조금은 알 것 같았고, 나 역시도 그 감동이 전해졌다.

책 읽을 환경을 만들어주는 것은 꿈을 꿀 수 있는 환경을 만들어 주는 것이고, 책을 추천해 주는 것은 꿈을 추천해 주는 것이다. 링컨은 "내가 가장 좋아하는 친구는 책을 선물하는 사람이다"라고 말했다. 링컨은 책의 가치를 아는 것이다. 그 어떤 값비싼 선물보다 책이 더 가치가 있고, 소중하다고 생각했기 때문이다. 주변에 앞날에 대해 고민하고 걱정하는 사람들이 있는가. 있다면 조언을 하기보다 좋은 책을 선물해주는 것을 추천한다. 조언은 지금 당장 도움이 될 수 있겠지만, 계속해서 보다 큰 꿈을 디자인하기 위해서는 좋은 책 한 권을 선물해 주는 것이 더 큰 도움이 될 것이기 때문이다.

주변에는 꿈이 없는 사람들이 많이 있다. 이건 내 주변만은 아닐 것이다. 사회와 경제적 압박으로 인해 연애, 결혼, 출산을 포기하는 것을 일컬어 3포 세대라고 한다. 그런데 요즘은 5포 세대(3포+내 집 마련, 인간관

계)를 넘어 7포 세대(5포+꿈, 희망)에서 더 나아가 포기해야 할 특정 숫자가 정해지지 않고 여러 가지를 포기해야 하는 세대라는 뜻에서 N포 세대를 살아가고 있다. 그리고 '88만원 세대', '열정페이'라고 하여 하고 싶은 일을 하게 해줬다는 구실로 청년 구직자에게 제대로 된 임금을 지불하지 않는 경우가 많아지고 있다. 어쩌면 요즘 청년들이 꿈을 꿀 수 없는 시스템에서 살아가고 있는 것일지도 모른다.

그러나 책을 읽는 사람들은 '또라이 정신'이 있기 때문에 환경은 그렇게 중요하지 않다. 오직 자신의 꿈에 집중하기 때문이다. 세상이 자신을 흔들 때마다 또라이들은 책을 통해 더욱 굳건해진다. 나 역시 또라이 축에 속한다. 사실 나는 꿈이 너무 많아서 탈이다. 하고 싶은 것들이 너무나 많다. 소소한 것들을 제외하고서도 나는 '장애인 일자리를 위한 사회적 기업 만들기', '장애인들을 위한 그룹홈의 활성화', '장애를 가진 부모님들을 위한 센터 만들기', '세계의 장애인들이 하나가 될 수 있도록 하는 시스템 구축하기', '장애인식개선을 위한 소설 쓰기' 등등 하고 싶은 일들이 너무나도 많다. 막연했던 작가의 꿈도 새벽독서를 통해 이루고 있는 만큼, 이러한 꿈들도 내가 새벽독서를 놓지 않는다면 언젠가는 길이 열릴 것이라 믿는다.

《또라이 전성시대》라는 책을 보면 이러한 문구가 나온다. '스스로 세상을 바꿀 수 있다고 생각하는 미친 사람이 되라… 세상을 움직이고 변화시킨 사람들은 한때 또라이 취급을 받은 사람들이었다!'

반드시 이루고 싶은 꿈 없이는 세상을 움직이는 또라이가 될 수 없고, 독서가 아니면 가슴 뛰는 꿈을 꿀 수 없다.

꿈이 없는 사람은 꿈이 있는 사람을 위해 일하게 된다. 평생 남들이 이룬 꿈을 위해 헌신만 하다가 헌신짝처럼 버려지는 것이다. 누구나 단 한사람도 이 세상에 아부 소명 없이 보내지지 않았다. 단지 소명을 찾지 못했을 뿐, 가슴 뛰는 일, 그 누구보다 잘할 수 있는 일이 당신을 기다리고 있다. 책이라는 보물지도를 통해 반드시 꿈 보물을 찾아야 한다. 매달 받는 월급에 만족하며 살기에는 당신 안에 잠재되어 있는 능력이 너무나도 크다.

잠들어 있는 꿈을 깨워라! 그리고 도전하고 도전하고 또 도전하라! 꿈을 이루는 것에는 절대 늦은 때란 없다. 늦었다고 생각할수록 치열하게 새벽을 깨워 세월을 벌어야 한다. 이제 맞지 않는 옷은 벗어 던져라! 새벽독서가 당신의 꿈을 가장 알맞은 사이즈로 수선해 줄 것이다.

늦었다고 생각할 때가 가장 빠를 때라고 했듯이 지금도 늦지 않았다. 새벽독서로 당신의 꿈을 디자인하라.

새벽은 어둠이 물러가고 밝은 빛이 스며드는 시간이다

하루도 쉬지 않고 새벽을 깨워 기도하는 우리 어머니,
그리고 매일은 아니지만 힘을 다해 새벽을 깨워 눈물로 나를 위해 기도해주는
내 여자친구. 이들의 기도가 아니었다면 지금의 나는 없었을 것이다.

책을 쓰고 나니 평소보다 더 많은 시간 하나님께 기도를 드리게 된다. 나 역시도 책을 통해 나의 삶을 변화시켰듯이 이 책을 통해 많은 이들이 좋은 방향으로 변화되기를 간절하게 기도한다.

사실 나보다는 나의 어머니와 곧 아내가 될 여자 친구가 더 열심히 기도를 해준다. 책을 통해 작은 일에라도 하나님께 쓰임 받기를 원하는 마음인거 같다.

내게 선한 것이 있다면 이 모든 것은 새벽기도 덕분이다. 하루도 쉬지 않고 새벽을 깨워 기도하는 우리 어머니, 그리고 매일은 아니지만

힘을 다해 새벽을 깨워 눈물로 나를 위해 기도해주는 내 여자친구. 이들의 기도가 아니었다면 지금의 나는 없었을 것이다.

끝으로 내가 작사한 노래 가사로 마무리 하려 한다.
혹시나 내가 자작곡한 노래를 듣고 싶다면 유튜브에 '새벽경영 김태진'을 검색하면 들을 수 있으니 참고하길 바란다.

제목: 실로암2

일어날걸 그랬어
나를 비워줄 수 있는 그런 시간
깨워줄걸 그랬어
너를 채워줄 수 있는 그런 시간

당신에게 빛을 줄 수도 있고
손바닥만 한 그늘이 될 수도 있죠

나의 모든 허물들은

그분 앞에서는

밝은 빛이 돼요

나의 꿈

나의 모든 눈물들은

그분 앞에서는

희망이 됩니다

나의 꿈

그 어떤 바람에도

그분만 있으면

흔들리지 않죠

나의 꿈 새벽

2017년 10월

저자 김태진